JN001380

Michelangelo. Io sono fuoco

Costantino D'Orazio

ミケランジェロの焔

コスタンティーノ・ドラッツィオ
上野真弓 訳

ミケランジェロの焔（ほのお）

MICHELANGELO. IO SONO FUOCO
by
Costantino D'Orazio

Japanese translation rights arranged with
S&P Literary – Agenzia Letteraria Sosia & Pistoia, Italy
through Tuttle-Mori Agency, Inc., Tokyo.

Cover image: Sistine Chapel ceiling-Creation of Adam
by Michelangelo Buonarroti
Design by Shinchosha Book Design Division

信頼してくれた
A K. D.へ

I

お前は信じないだろう。だが、すべてを投げ出したいという心境になるのは、初めてのことではない。あらゆるノミ道具をつかみ、テヴェレ川へ投げ捨てたい。金槌（かなづち）、鑽（たがね）、鉄の棒をすべて集めて、流れの急な中洲のティベリーナ島あたりに捨ててしまいたい。素描もすべて焼き捨てよう。なぜなら、もはや彫刻を彫る活力も時間も残っていないからだ。

わしは、なんと、あの、まったく馬の合わなかったレオナルド・ダ・ヴィンチの考えにさえ至ってしまった。厚顔無恥で口論好きのダ・ヴィンチは、ある日、面と向かって明言したものだ。彫刻は石工や大理石職人の仕事で、埃（ほこり）をたくさんかぶって肉体労働で疲れるだけの二流でみっともない作業だ。いっぽう絵画は、そう、絵画は高貴な仕事で、タブローに絵筆を軽く走らせるだけで傑作に命を与えるのだと。

ダ・ヴィンチの言ったことは正しかったのかもしれない。

九〇歳を目前にして、わが肉体は、もはやわが心の激情に応えることができない。新たな彫刻の構想は尽きないというのに、できることといったら、ここローマの家に一〇年以上置いてあるピエタ（ロンダニーニのピエタ）に何度かノミを入れることくらいだ。この彫像を完成させたいという思いが再び湧いてきた。もしお前が会いに来てくれるなら、まだ未完成だが、見せてあげよう。これを見れば、聖母マリアが両脚の上のイエスの身体を支える必要がないことに気づくだろう。なぜなら息子イエスはほとんど彼女の身体の一部となっているからだ。イエスは死して母親の胎内に戻り、限りなく深い愛情の中にのみこまれたのだ。そんなことが、わしにも、神のみもとに呼ばれる時に起こって欲しい。その時こそ、ようやく、母親の腕の中に身をゆだねる赤ん坊のように、守られていることを実感できるだろう。それはほとんど記憶にない感覚だ。わが母、つまりお前の祖母、フランチェスカ・ディ・ネーリは、おお神よ、わしがわずか六歳の時に死んだ。

おそらく母親に対する思いが、早朝から深夜までこの大理石の塊に向かう活力の源になっているのだろう。これまでの人生でいつもそうしてきたように、ろうそくをつけた帽子をかぶる準備はできている。ろうそくは、石のどの部分を削るのか、その正確な位置を見極めるのに必要な灯りを得るためだ。だが、だめだ、数分も持たない、手の動きが止まってしまう。それなのに、わしの目には完成した作品がすでに見えるのだ。頭の中につまったアイデアは爆発している。くじけそうだ。

もし絵を描くのであれば、座ったまま、パレットを横に置き、手に絵筆を握っていればいいのだろう。信頼できる助手が調合した絵の具を受け取るだけで、画架に置かれたタブローに自分の好きなように色をのせれば済むのだろう。昼間の光があるあいだだけ仕事をして、夕暮れの兆しが始まると、テレビン油（松脂を水蒸気蒸留した精油）の匂いのするアトリエの扉を閉めて、目を休ませればいいのだろう。それに引きかえ、わしの場合、仕事をやめるのを決めるのはわが肉体だ。なぜなら、指はもはや自分の意志には応えず、ノミを打つ度に、まるで自分自身が大理石であるかのように、その音が背中に跳ね返ってくるからだ。かつては大理石の粉塵を元気よく吹き飛ばすのが好きだったが、今では喉にとどまり、それから逃れられない。咳をする、また咳をする、しかし粉塵は、のみこまない限り、そこに残ったままだ。それから再び道具をとって大理石に挑むが、対等な戦いでないことに気づく。もはや大理石はわしよりはるかに強くなってしまったのだ。

昨日の夜中は眠れずに仕事をしていたが、突然、サン・ピエトロの「ピエタ」が猛烈に見たくなった。まるで布か革のように柔らかく仕上げた、なめらかで輝くような大理石に触れたかった。あれは数ヶ月かかった仕事で、石はこの作品のために用意されたものだった。当時、二五歳にもなっていなかったが、不可能に思えるような仕事はなかった。わが精神と肉体のあいだには何の違いもなかった。つまり、とめどない活力にあふれていたのだ。

マチェル・デ・コルヴィ地区を出て、サンタンジェロ橋のほうへ向かった。寒く、じめじめしていた。二月はいつもこういう天気だ。ローマの小道を歩くには最適とは言えない夜だった。月の光が屋敷のかどや聖母マリアを収めた壁龕（へきがん）を照らし、大聖堂までの道のりを示してくれた。

時々、カーニヴァルの馬鹿騒ぎから帰る人のたいまつの灯が現われては元気づけてくれた。つまずかないように注意して、一歩ずつ歩いていった。

もし、突然、雨が降り出さなかったら、サン・ピエトロに到着していたことだろう。マッシモ宮殿の列柱の下で雨宿りをしたが、雨が身体にしみ込んで、髪も髭(ひげ)もずぶ濡れになってしまった。冬でさえ帽子をかぶらないとは、わしも困った悪習を持ったものだ。

不意に、誰かが近づいてくるのに気づいた。「マエストロ、こんなところで何をされているのですか？　夜も更け、雨も降る中、どこへ行くおつもりなのですか？」弟子の一人、トンマーゾだった。「貴方様に気がついて、知らせに来てくれた人がいました。それはそうと、どうしてわたしを起こしてくれなかったのですか？　さぁ、家へ戻りましょう」

理由は説明しなかった。「トンマーゾ、わしに落ち着ける場所などどこにもないことを知っているだろう？」うろたえ、弟子の肩に寄りかかると、歩いてきた道を一緒に引き返した。家に入ると、濡れた身体をふいてもらい、ベッドへ連れて行ってもらった。

何がそうさせたのかを説明したところで、分かってはもらえなかっただろう。「どうして夜が明けるまで待たなかったのですか？　そうすれば、わたしがお供できたでしょうに」と答えたに違いない。

けれども、わしは、これまでの人生で、何かをするのに最も都合のいい時が来るのを待ったことがなかった。好機を待つことなどできず、気難しい完璧主義者のように誤解されただけだった。自分の行動から引き起こされた世間の評判など、一度も気にしたことはなかった。そうして、怒りっぽく、嫉妬深く、ケチで、日和見主義者で煽動的だと言われ続け、天才の役割を果たす怪物となっていったのだ。

あの夜の出来事のあと、ただただ、すべてを、素描も手紙も未完成の大理石像もすべて、燃やしてしまいたい衝動に駆られている。もしこの手で彫刻を彫れなくなるのなら、あらゆるものを消してしまったほうがいい。

レオナルド、愛する甥よ、早くローマへ来てくれ。わしの人生は終わりに近づいている。怒りに任せてすべての作品の軌跡を破壊してしまう前に、残されたわずかな時間の中で、はっきりさせておきたいことがある。お前に話しておきたい。何が創造へと向かわせたのか、なぜ疲れを感じたことがなかったのかを。お前に告白しておきたい。もうだめだと思った絶体絶命の時のこと、そこからどうやって立ち直ったのかを。そして、お前と分かち合いたい。わが胸に今も燃える焔(ほのお)を。なぜなら、燃やすものはもはや声しか残っていないが、わしは今なお彫刻家だからだ。わしは燃える焔なのだ。

2

幼い頃から、乳より大理石の粉塵によって育まれてきたように思う。わしが生まれると、父は役人をしていたカプレーゼを離れ、セッティニャーノの石工職人の女房のもとへ里子に出した。その女の父親もまた石工で、その土地の大理石の粉塵を吸って育っていたから、乳を通してそれをわしに伝えたはずだ。

愛するレオナルドよ、お前も知っているように、フィレンツェ近郊の山々からとれる大理石はとても彫りやすい。空の色をしていて、気持ちよく繊細な仕事ができる。指で軽く触れるだけで、なぜ地元の住民が「晴れやかな石」と呼ぶのかが分かるはずだ。ノミで打つと脆いように感じるが、実際には堅牢で硬く、ブルネレスキが捨子保育院の回廊に置いたような優雅で柔らかい円柱を生み出すことができる。セッティニャーノでの幼い日々のことは記憶にないが、目を閉じれば日常を刻んだ金槌の音が今も聞こえてくるようだ。あの規則的に続いて安心感を与える音は、父の夢に反して、わしの人生を運命づけたのだ。

お前の祖父ルドヴィーコは手が汚れるような仕事をしたことがなく、わずかな地所から上がる収入を管理するだけにとどまり、わしに別の未来を描いていた。自分が投資に失敗して陥った経済的苦境から一刻も早く脱けだすため、わしを羊毛組合の貿易商の見習いに出して金を稼がせようと考えていたのだ。実を言うと、父の大げさに嘆く悪癖には早くから気づいていた。時の経過とともに、すべての不幸の原因はわしにあるとされ、それゆえ父と家族を養い守っていく義務を負わされた。あたかも父の望まぬ道に進んだ罪をつぐなわせるかのように。この世に誕生させてくれた親への感謝と愛情から、ありとあらゆる父の頑固さやむら気には常に耐えてきた。

けれども、それでよかったのかどうかは分からない。

まるで昨日のことのように覚えている。内緒でギルランダイオの工房に通っているのを初めて打ち明けた時のことだ。それは、友人のフランチェスコ・グラナッチの影響で遊び半分のような気持ちで始めたことだった。マエストロは両親と一緒に来なかったわしを疑いの目で迎えたが、次第に評価するようになり、見習いとして給与を払ってくれるようになった。この時点でようやく父に話す時がきたと思った。

連続で平手打ちを受けた。小さいが荒々しい父の手は分厚い板のようになってわしの顔に何度も降りかかった。

「ブオナッローティが画家だと？　あり得ない！」と叫んだ。「我々には高貴な血が混じっているんだぞ！　我々の身体にルチェライ家の血が流れているのを忘れるな。家名を汚すなんて許さないからな」そうして、またいつものマティルデ・ディ・カノッサの末裔だという話を繰り返し、自分はじきに公職につけるだろう、そして、品位ある家の未来のために購入を考えている土地を画家などに買えるわけがないと言った。息子が稼ぐはずだった金で土地を買うつもりだったことは省略しながら……。

「そもそも、いったいどういうことだ。親の許可もなしにマエストロと話をつけたのか？」本来なら、息子を工房のマエストロのところへ連れて行き、将来についての取り決めをすることができるのは父親だけだった。だが、いつものようにわしがすべて一人で行なっていた。「あいつ、お前の友だちのグラナッチを捕まえたら、お前をあんな無益な場所に連れて行ったことを後悔させてやるからな。まだ始まってもいない画家としてのキャリアをぶっ潰してやる！」

けれども、お前の祖父は無駄話をしたに過ぎなかった。というのも、わしの考えを変えることはできなかったからだ。わずか一二歳だったが、自分が何をやりたいのかをよく分かっていた。

しかし、それは、非常に高くついた。

お前は小さかったから、ギルランダイオのドメニコ、ダヴィッド、ベネデット・ビゴルディ兄弟を覚えていないだろう。みな有名だった。ギルランダイオは彼らの父親の職業から来る通称で、フィレンツェの貴婦人たちの髪を飾る銀製のギルランダ（花飾り）に特化した金細工師を意味する。

彼らは当時のフィレンツェで評判を博した画家たちで、最も人気のある工房の一つを構えていた。最初の一歩を踏み出すには、これ以上の場所はなかった。ここへ来た頃、ちょうどサンタ・トリニタ聖堂のサセッティ家の礼拝堂の仕事が終わったばかりで、サンタ・マリア・ノヴェッラ聖堂のトルナブオーニ家礼拝堂の装飾に取りかかっていた。告白しよう。わしはすでに大理石に強く惹かれていた。絵画がやりたいのかどうかは自分でも分からなかったが、偉大なマエストロから素描を学ぶ大きな機会であるとは思っていた。

素描は、よい彫刻を彫るための基本だ。

ドメニコ・ギルランダイオはしばしば弟子たちをフィレンツェの名高いフレスコ画を模写するために連れ出してくれた。サンタ・クローチェ聖堂のペルッツィ礼拝堂のジョットの絵を見に行ったのが、まるで昨日のことのようだ。わしは、福音書家聖ヨハネの昇天の場面に描かれていた二人の人物像に強い印象を受けて素描した。その紙葉はまだどこかにあるはずだ。お前がローマに来たら、言ってくれ。探し出して、お前へ贈るものの中に加えよう。数多(あまた)の人物像の中でどうして不格好な脇役の二人に惹かれたのかを思い返してみると、どこか優しい気持ちになる。もしサンタ・クローチェ聖堂へ行くなら、その二人は場面の左側に見える。一人はひだで覆われた法衣を着て立っており、まるで古代の円柱のようだ。もう一人は、ヨハネの身体が消えて空(から)になった棺をのぞこうと上半身をかがめて前に出て、好奇心でいっぱいのまなざしで眺めている。肉体は安定感があって、まるで彫刻のようだ。あとで思ったことだが、あの頃、強い感情表現には興味がなかった。たとえ当時の美術市場がそれを求めていたとしてもだ。わしは、とりわけ彫刻であるかのような画像を探していたのだ。

気が散ることはしょっちゅうだった。この時も、視線をフレスコ画から動かして、教会の中にいる人たち、足場の上で作業している職人たち、信者たちの祈る姿を素描したものだった。現実のほうが、きれいに仕上がった絵よりずっと興味深く思えた。

しかし、ある日、度を超してしまった。

北方の画家が聖アントニウスの誘惑を劇的に描いた素描が工房内で出回っていた。悪夢の中でも出会いたくないような怪物や悪魔を創造することにおいて、北方の画家の右に出る者はいない。ギルランダイオは弟子たちに、その素描を模写して色をつけるようにいった。わしとグラナッチ、ビアジョ・ダントニオ、他の名前は思い出せないが、全部で一〇人ほどの見習いがいたと思う。

みな、競争するのが好きだった。

突然、ものすごいアイデアが頭にひらめいた。工房を出て魚屋へ行った。そこで、陳列台に並んでいたタラのヒレの形と色を観察し、あらゆる種類の魚の目やウロコなど、細部を注意深く観察した。そして、工房へ戻って素描を始めた。魚は予想以上に恐ろしい怪物になった。それを見たギルランダイオは茫然自失となった。あまり褒めることのないマエストロだったが、その目には何か新奇なものを見つけた驚きが浮かんでいた。

この競争に勝ったのはわしだった。だが、工房の仲間はいかさま師呼ばわりをして、大きな諍いが始まった。「何様だと思ってるんだ？　自然のままを忠実に素描できるのはお前だけではない！　こんなごまかしは大嫌いだ」ただ一人擁護してくれたのはグラナッチだったが、その時以来、わしは工房内で孤立してしまった。その前からノミを手にとって大理石にぶつかりたいと切望していたが、もはや仲間との諍いという言い訳さえも必要なかった。早く何かが変わらなければ、工房をやめてしまいそうだった。

しかしながら、神の意志は我々のそれよりもはるかに大きいものだ。

3

父は、息子が情熱を失いつつあることにすぐに気づいた。自分でも、毎朝、工房に向かわせていた何かに挑む気持ちが弱まっていくのを感じていた。工房では大理石のかけらをもらえる可能性もなかった。お前の祖父は、思惑通りに羊毛組合に入れる好機を待っていたに違いない。

ところが、まさにあきらめようとしていた時に、まったく予想もしていなかったことが起こった。

ドメニコ・ギルランダイオが、ロレンツォ・イル・マニフィコからサン・マルコ庭園に優れた弟子を二名派遣するよう依頼があったと告げたんだ。レオナルドよ、その瞬間、弟子たちのあいだに走った緊張感を想像するのは簡単だろう。その場所は、プロの彫刻家を目指す者にとっては、掛け値なしの天国だった。ラルガ通りの突き当たり、サン・マルコ修道院の一角にあった庭園だが、分かるか？　そこは高い壁に囲まれて町から隔てられていた。つまり、まったくの別世界で、そこにイル・マニフィコは古代彫刻のコレクションを保管していたんだ。生け垣に沿ってきちんと彫像が配置された庭園を思い浮かべないでくれ。どちらかというと倉庫のようなものだったが、ロレンツォは友人たちとここを歩くのが好きだった。そうして、それはいつの間にか彫刻学校へと姿を変え、選抜された彫刻家の卵たちは、ここでドナテッロの一番弟子だったベルトルド・ディ・ジョヴァンニから指導を受けられるようになっていたんだ。

イル・マニフィコは絵や彫刻や建造物の制作を発注することが自身と家名に名声をもたらすことを知っていた。そうして、天性の気前のよさと恐るべき政治的目論見に突き動かされていた。絵や彫刻は彼の戦略の一部で、サン・マルコ庭園は才能ある彫刻家を手元に置き、コストを可能な限り抑えながら貴重な芸術品をヨーロッパ諸国の君主たちに贈る目的にかなっていたんだ。この学校に入れた者たちは、学費を支払う必要はなかったが、工房の見習いのように報酬を受け取ることもできなかった。そこは彫刻家にとって夢のような場所だった。あらゆる仕事道具や多くの未加工の石塊、なんといってもインスピレーションを刺激する古代彫刻が信じられないほどたくさんあった。

ギルランダイオがグラナッチとわしをベルトルドに推薦した時、信じられない気持ちだった。これまでの不安や工房の仲間の嫉妬から受けた侮辱を忘れて、ようやく報われたような気がした。長いあいだ壁の向こうから聞こえるノミを打つ規則正しい音を耳にしながら、この場所を夢見ていた。今や、彫刻家になるのを邪魔するものはない。
しかし、ここでの競争はさらに激しいものだった。

お前の祖父はこの件をよくは受け取らなかった。イル・マニフィコと神を呪いさえもした。五人の息子たちのうち、リオナルドは聖職者になろうとしていたし、ジョヴァンシモーネは喧嘩っ早く心配の種となっていた。おまけにシジスモンドは勉強する意欲がまったくなく、お前の父、ブオナッロートはまだほんの子どもだった。そして、唯一当てにできるはずだったわしは職人の道を選んだのだ。父は「これは親に対する謀反だ！」と叫んだ。

サン・マルコ庭園に入ることで、父は、ギルランダイオが支給していたわずかな給料も失うことになる。重い心で学校へ行くと、大きな情熱が湧きあがるのと同時に、ある種の不安に苛まれた。そこではアンドレア・サンソヴィーノやピエトロ・トッリジャーノ、バッチョ・ダ・モンテルーポ、その他大勢のわしよりはるかに経験を積んだ者たちと競争しなければならなかった。彼らはここへ到達するのに時間がかかった分、経験を積んでいた。わしはギリシア語もラテン語も学んだことがなく、自慢できるのはダンテの『神曲』の大部分を暗唱できることしかなかった。だが、古代ギリシアやローマの彫刻の世界では大した役には立たないだろうと思った。そのうち、ここで頼りにできるのは自分の腕だけだということに気がついた。

ベルトルドは模刻の対象を自由に選ばせてくれた。模写した素描を訂正してくれたり、ノミを手に取る時には石を壊さずに最良の結果が出るよう最適な技術を助言してくれたりした。そこは音に満ちた世界だった。金槌の音、石の破片が落ちていく音、平削り機のさらさらした音。幸せだった。ついに居場所を見つけたのだ。毎日があっという間に過ぎていき、しばしば遅くまで庭園に残ることがあった。眠るのは時間の無駄のように思い始めていた。

そう遅くなく、才能を示す機会が訪れた。

イル・マニフィコは少なくとも一週間に一度は様子を見に来て、しばらくとどまり、徒弟たちと喋ったり、庭園にある大理石の古代彫刻にまつわる驚くべき話をしたりした。我々はみな、彼の下す評価を怖れて、びくびくしながら自分たちの作品を見せたものだった。

牧神ファウヌスの仮面を模刻した日の出来事をまるで昨日のことのように覚えている。曖昧で不安を誘うような仮面の表情が注意を引いた。それは、ただ単に奇怪な姿をしていたわけではなく、葡萄酒と音楽が一つになって爆発する奇妙な快楽にとりつかれた様相をしていた。皺(しわ)の刻まれた顔から、かなり年老いているのが分かった。その顔は心をかき乱した。

大理石の塊をとり、両脚のあいだにしっかり挟んで固定し、地面に座って彫り始めた。石はノミの一撃に素早く反応し、次はどこを打とうかなど考える暇もなかった。完全に大理石という素材に心を奪われていた。まるで石に導かれるようだった。ああ、今も手があんな風に動いてくれたらいいのに！

ちょうど大理石を磨いている時に、ロレンツォ・イル・マニフィコが庭園にやって来た。自分でどこか納得できず、気づかれたくない気持ちから、台の上の他の徒弟たちの作品の横に置いた。ロレンツォが友人たちと作品を見廻り始めて一時間が過ぎた。いつものように上機嫌だった。ふと立ち止まり、わしの奇妙な彫刻、粗く無骨な作品を注意深く見つめると、誰がこれを彫ったのかと尋ねた。

ここへ来て数週間が過ぎていたが、彼と話す初めての機会だった。自分の作品がきっかけになったのを嬉しく思うのと同時に心配になった。イル・マニフィコは例の先の尖った鼻と奥まった目で好奇心からわしを見つめた。表情からいったい何を考えているのかを察知するのは難しかった。確実にベルトルドの最も若い徒弟の一人だと気づいたはずだった。そして、小言を言った。

「少年よ、お前がこの年老いた牧神ファウヌスを彫って、歯を全部残したんだね。この年代の老人には歯がいくつか欠けていることを知らないのかい?」イル・マニフィコはかすかな冷笑を残して、先へ進んだ友人たちのあとを追って向こうのほうに行ってしまった。

顔を上げて他の徒弟たちの満足げな嘲笑に立ち向かう勇気はなかった。変わった主題を選んで度を超してしまい、屈辱を受けたのだ。自分の才能を示そうと、庭園にある古代彫刻を上手に模刻するだけでは気が済まず、その先まで行ってしまったのだ。

イル・マニフィコの言葉にすぐに応えることを決意した。穴あけ機(ドリル)をつかみ、ファウヌスの歯を一つ引き抜いた。あたかも食い意地が張ってかぶりつき、歯が抜けてしまったかのように。

ロレンツォは、道具がかき立てる大きな音に引きつけられて、庭園を去る前にもう一度やって来た。手を加えたファウヌスの彫刻をじっと見つめると、歯の抜けた老人を前に笑い始めた。わしの反応の早さと才能に驚愕し、メディチ邸への寄宿を提案したほどだった。信じられなかった。

ここへ来て数週間しか経っていないのに、イル・マニフィコの宮廷の一員になるというのだ。彼の書斎に通い、会話をし、一人前の彫刻家のように注文を受けるのだ。まったく自信はなかったが、待ち受ける未来を考えただけで手がむずむずした。

ロレンツォが去るや否や、うしろを向いてグラナッチの喜んでくれる顔を探した。代わりに見つけたのは、別の徒弟ピエトロ・トッリジャーノの凶暴な顔だった。彼は一言も言葉を発することなく、げんこつで鼻を殴った。大理石を金槌で打つような完璧な一撃だった。痛みを感じる間もなく、気づいた時にはファウヌスの顔に血が飛び散っていた。

わしの鼻は、その形を永遠に変えた。

この出来事のあと、ピエトロは消息を絶ったが、彼を恨んだことは一度もなかった。あの瞬間、彼が感じたことを本質的に理解できるからだ。彼の自負心がよく分かるし、妬む気持ちも理解できる。そして、それらがどのような怒りをもたらすかも知っている。

つぶれた鼻は、いつも思い出させてくれる。失敗が何をもたらすのか、未熟さを意識することや自分の限界や敗北を知ることがどんな苦しみを生み出すのかを。

殴られたことに対する父の反応は、当の本人よりも激しかった。少なくとも一週間は家を出してくれなかった。つまり、この出来事は、無益な仕事、すなわち金にならず惨めな生活を強いるだけでなく今や人相までも永久に変えてしまった彫刻をやめさせる絶好の理由となったわけだ。父は、何が息子の幸せかを一度も考えたことがなかった。しかし、わしの彫刻への執着は、まさにあの頃、熟していったように思う。

　お前の祖父の反対は、最初に乗り越えるべき障害だった。父はわしの情熱を徹底的に抑えつけようとした。話しても無駄なことだったが、つぶれた鼻は実際には才能の証だった。わしと競う希望さえも残さないほど他の徒弟たちを打ちのめしたのだ。父は息子同様にそれを誇りに思うべきだった。つぶれた鼻は、あたかも激烈な戦いに参戦し、最前線で受けた傷、戦勝記念品だったのだ。とはいえ、もはや塹壕に戻る希望はわずかしか残っていなかった。彫刻に情熱を抱き始めたばかりなのに、それをあきらめなければならなかったのだ。しかしながら、驚くべき出来事はまだ続いた。

　グラナッチが家にやって来て、ロレンツォ・デ・メディチが父と話したがっていると告げた。父は顔を曇らせた。窮地に追い込まれたことが分かったからだ。

　会談はかなり屈辱的なものだった。お前の祖父はあらゆる不服を放棄し、フィレンツェの支配者の下にひれ伏した。「わが息子ミケランジェロだけでなく、ブオナッローティ家の者全員がその命と財産とともに殿下にお仕えいたします」自分の自尊心も横に置き、突然、息子の彫刻家としての活動への疑問をなくしていた。

「何の仕事をしているのだ？」と、ロレンツォが父に尋ねた。

「同業組合に入会したことはありません。先祖から受け継いだわずかな土地を生活の頼りにしながら、失わないよう、また少しでも増やそうと努めながら、地道に生きて参りました」

　イル・マニフィコは父にフィレンツェで何か興味のある仕事があるなら手に入れてあげようと

言った。

「読み書きしかできません。フィレンツェの税関吏をしていた友人が亡くなったので、その後任に就かせていただければこれほど嬉しいことはありません。その仕事ならきちんとできると思います」父は、わずかなもの、その日暮らしをするような仕事で満足したのだ。わしはしみったれた仕事のために安売りされたように感じた。

ロレンツォは父の肩に手を置き、微笑みながら言った。「ルドヴィーコ、お前はいつまでたっても貧しいままだろう」

4

お前は信じないだろうが、当時、メディチ邸の正門は常に開かれていた。メディチ家はあまりにも強大で怖いものは何もなかった。すべての敵を打破していた。その上でさらに、民衆に近く親しみやすいイメージを作り上げようとしていたのだ。ラルガ通りを通ると、誰であれ、中庭の中央にあるドナテッロのブロンズ像ダヴィデを見ることができた。それは、老コジモが作らせたもので赤い斑岩(はんがん)の円柱の上にまっすぐに立ち、その官能的なポーズは戦士よりも良家の子息を思わせた。わしにはどうしても納得がいかなかった。その頃からすでに、こんなか細い少年がどうやって凶暴な巨人ゴリアテを打ち負かすことができたのかと、どうしても理解することができなかったんだ。これでは巨人を気絶させるほどの力で石を投げることなど到底できなかっただろう。

頭を斬り落とすこともできなかったはずだ。それは優美さがにじみ出る彫刻で、制作当時に流行っていた趣味を完璧に映していた。心を癒やすための晴れやかさと慰めを表現することが画家や彫刻家に求められていた時代の産物だったのだ。

まったくのところ、わしを惹きつけるものからは遠かった。

わが甥よ、あの屋敷の門をくぐり、ダヴィデ像の足元にいた時のことがいつでも目に浮かぶ。彫像は、遠くから見て想像していたよりはるかに小さく、先の尖った帽子の下からわしをよそよそしく見ていた。その時ようやく分かったのだ。中庭へ入る光でかすむこの像は、下から見上げることを前提で作られたということが。当時、背後まで見ることができる彫像はそれほど多くはなかった。たいていは教会の中の薄彫のレリーフか、壁龕に置かれた彫刻が普通だったのだ。ドナテッロは、ダヴィデの背中と臀部(でんぶ)を胸部と同じように磨き上げていた。これには深く印象づけられた。

ところで、啞然とさせられた作品はこれだけではなかった。メディチ邸の階段を一階だけ上がると、ベノッツォ・ゴッツォリのフレスコ画が広がる礼拝堂があった。華麗な行列が壁に沿って描かれていた。案内してくれたベルトルドが、ピッコローミニ家出身の教皇ピウス二世の顔や若き日のロレンツォ・イル・マニフィコの顔が描かれていることを教えてくれた。なんと、コンスタンティノープルの総主教の顔も東方三博士の一人バルタザールとして描かれていた。まるで、毎年一月六日にフィレンツェでメディチ一門が貴族たちの先頭に立って群衆の中を練り歩く豪奢なパレードに立ち会っているかのようだった。ダマスク織りのヴェルヴェットの衣装で着飾り、馬の鞍や鐙、たてがみまで金色で装飾され光り輝いていた。これほど優美に壁に描かれた人物像はこれまで見たことがなかった。

しかしながら、どこか納得できないものがあった。

ベノッツォは、現実を超えておとぎ話の行列にしていた。あまりにも凝りすぎて、ほとんど飽き飽きしてしまう。

祭壇の側面には二つの扉があった。「覚えておきなさい。お前の部屋へ続くのは右側の扉だ。もう一つの扉は外へ出るためのもので、敵に囲まれた際のロレンツォ殿の逃走用だ。そんなことが起こるとは誰も思ってはいないが、ドゥオーモ（大聖堂）で受けた襲撃のあと、とても用心深くなって、屋敷のあちこちに秘密の抜け道を作ったんだ。誰にも言っちゃいけないよ」

小さな聖具室を通り抜け、さらに二階ほど階段を駆け上がって屋根裏へ着いた。そこがベルトルドの部屋で、ベッドが一つ、何冊か本のある棚、いくつかのテラコッタの模型、ろうそく一本と紙葉の散らばった机があった。小さな窓から明かりが入り、飾り気のない必要最小限の部屋は天幕で二つに分けられ、向こう側にもう一つベッドがあった。自分一人の部屋ではなかったが、粗末なベッドを誰かと一緒に使うよりはずっとよかった。これまでずっと兄弟たちと一緒に寝てきたのだから。

ここが新しい家なのだと自分自身につぶやいた。ついに、彫刻のことだけ考えればいい場所に来たのだ。

愛するレオナルドよ、実際にはこの考えは間違っていた。なぜなら、メディチ邸での生活は、素描やノミを使う仕事だけでなく、一連の社交生活に参加することが要求されたからだ。宮廷の一員になるということは、ロレンツォと食事をし、客人たちと話し、祝宴に出席する必要があることを意味していた。

完全な時間の無駄だ、そう思っていた。

その後はずっと協調的で我慢強くもなったが、一五歳という年齢では、彫刻から遠ざかる用事のために、一分たりとも自分の時間を無駄にしたくないと思っていたんだ。九〇歳に近づいた今と感じることが少し似ている。不思議だろう？

ベッドの上に派手な色の衣服があるのに、すぐに気づいた。赤い燕尾服が一つ、緑色のズボンが一本、広い襟のついた白いワイシャツが一枚と緋色のひさしのついた帽子が一つだ。ロレンツォの家人となったからには、ある種の服装で人前に現われなければならなかったのだ。

「イル・マニフィコの正餐に行くから、着がえなさい。できるだけ早く行かなければならないんだ」とベルトルドが言った。

「まだ早いと思いますが。どうしてそんなに急がなければならないのですか？」少しムッとして尋ねた。こんな格好をした自分は滑稽だし、これに慣れるのには時間がかかるだろうと思っていた。

「すぐに分かるだろうよ」ベルトルドは予言するかのように答えた。

たらいには水が張ってあった。父の家では一週間に一度しか身体を洗っていなかった。身体についた埃とここ数日のあいだにしみついた汗をとり、急いで着がえると、早足で階段へ出ていくベルトルドにやっとのことで追いついた。

大広間は人であふれていた。少なくとも五〇〇人くらいはいただろうか。長いテーブルの両端には、真鍮の大きな皿とコップが置いてあった。客は各々、まずそれをとってから座る席を探さなければならなかった。テーブルの中央には幅の広い容器がたくさんあって、酒杯や飲み物を冷やすためのあふれんばかりの水が入っていた。

ほとんどの椅子はすでにうまっていた。ベルトルドはわしを睨みつけると、テーブルの周りを回り、入り口とは反対のかどに空いている席を見つけた。そこは、ロレンツォが座っていた中央の席からかなり遠かった。身ぶりでどうぞと合図してくれた修道士の隣、一番端の席に座るより他はなかった。

「残念ながら、我々は遅れて来てしまった。ロレンツォの正餐では席は決まっていない。早く着いた者なら誰でもロレンツォの隣に座れるんだ。そうでなければ空いている席で我慢するしかない。ロレンツォはヒエラルキーが好きじゃないんだよ」これこそが、ベルトルドが急がせた理由だったのだ！

たちまち、この習慣が気に入った。ずいぶん貴族趣味からかけ離れているように思えたからだ。修道士はにっこり笑って自己紹介をした。サント・スピリト聖堂の修道院長ニッコロ・ビキエリーニだった。その頃には知る術もなかったが、近い将来、この男がわしの人生の基本を作ってくれることになるのだ。食事のあいだ中、彼は、どのように振る舞えばいいか、様々な料理の次に来るのは何かを説明してくれ、さらにあらゆる客人の素性を教えてくれた。同じテーブルには他の少年少女らがいた。彼らはロレンツォの年少の子どもたちだった。わしと同い年のジョヴァンニ、少し年下のジュリアーノ、そして一二歳ですでに精神的脆さを見せていた姫君だ。

「あっちにいるのが長女のルクレツィアとその夫のヤコポ・サルヴィアーティで、向こうにいるのが長男のピエロと妻のアルフォンシーナ・オルシーニだ。ピエロがイル・マニフィコの権力を受け継ぐことになっているんだよ」

騒がしい中で修道士が話すことのすべてを聞きとれたわけではなかった。人よりも次々に出てくる料理に惹きつけられていた。ロレンツォは庶民的な食べ物が好きで、毎日、スキアッチャータ（薄くて何も載っていないピザのようなもの）、とうもろこしの粉で作ったパイ、ニシンの燻製、パンチェッタ（豚のバラ肉の塩漬け）、ソーセージ、焼いたそら豆、カエルの腿肉を用意させていた。パン粉と細かく砕いたアーモンドをかけたニョッキも必ずあった。著名な客人を驚かせる時には、魚、ミックスフライ、そしてたくさんの子豚の丸焼きを注文し、これらはまるごとテーブルの上に載せられ、みなで美味しく食べたものだった。正餐の締めくくりは、チャルドーネ（シチリアの菓子）、砂糖菓子、ブラッチャテッラ（ドーナツ状の焼き菓子）などのドルチェと、最高のヴィン・サント（甘口の貴腐ワイン）だ。

これが、その先何度となく参加することになった宴席の初体験だった。レオナルドよ、もしそこにお前がいたなら、どんなに楽しんだことだろう。メディチ邸は陽気な喜びに満ちていた。子どもだったわしには大変な誘惑だった。あの時、メリーゴーランドは永遠に回り続けると思っていたんだ。

しかし、まもなく、その考えを改めざるを得なくなった。

「ミケランジェロ、書斎で待っている」と、食事の終わりにテーブルから立ち上がったロレンツォが大声で言った。

祭りはもう終わった、そう思った。すぐに仕事をさせるのだろう。

5

ロレンツォの書斎については、サン・マルコ庭園の仲間たちが話すのをよく聞いていた。ロレンツォがとてつもない美術コレクションを眺めながら一人で過ごす貴重品の宝庫のようなところだと想像していた。

ある意味、それは間違っていなかった。

礼拝堂の隣にこの部屋の入り口があった。部屋の天井は、ルーカ・デッラ・ロッビアによって彩色され釉薬(うわぐすり)を塗ったテラコッタで装飾されていた。常に灯されているランタンの焔が輝き、まるで、月夜に照らされた湖の表面がそよ風にさざ波を立てているかのようだった。

壁には作りつけの象眼細工の木の戸棚が並び、その中には、正真正銘の宝物、驚くべき古代美術品が大切にしまわれていた。宝石、赤色のカメオ、半貴石で作られた壺、金貨、宝飾品などだ。予想外だったのは、机が部屋の中央にあって、その周りにロレンツォの他三人が座っていたことだ。想像していたのと違って、ロレンツォはそこに一人でいることはほとんどなかった。

まるで昨日のことのように思い出す。書斎に入った瞬間、上品で優しいまなざしをした六〇歳くらいの紳士が情愛のこもった様子で迎えてくれた。穏やかな人物だという印象を受けた。

「やあ、こんにちは、ミケランジェロ！」と、彼は微笑みながら挨拶した。「イル・マニフィコの内輪の集まりにようこそ。我々は、ロレンツォがフィレンツェにいる時は毎日ここに集まっているんだよ。哲学や芸術や政治について議論するのが好きなんだ。ソクラテスやプラトンの時代のアテネのようにね。お前を時々ここに迎えられるのはとても嬉しいよ。紹介させてくれ、アニョーロ・ポリツィアーノ、ピーコ・デッラ・ミランドラ、そして当方、マルシリオ・フィチーノだ」

愛する甥よ、こうして、無学で未熟な少年でしかなかったわしは、フィレンツェで最も傑出した高雅な知識人たちの前にいた。場違いな場所と言うならば、その時の精神状態を伝えたことにはならないだろう。書棚の箱の中に隠れてしまいたいほど困惑していた。

ポリツィアーノは誉れある詩人で、メディチ家礼讃を詠う任務を持っていた。ロレンツォの弟ジュリアーノがパッツィ家の陰謀で亡くなる前に馬上槍試合で活躍した様子を有名な詩句にしたあと、新たなペトラルカとして称賛されていた。

令名高き文学者だったのだろうが、これほど醜い男をこれまで見たことがなかった。ロレンツォが彼をそばに置くのは、一緒にいると自分が美男子に見えるからだという悪口もささやかれていた。

「彼がミランドラ伯爵のピーコだ」と、フィチーノは続けた。「長いあいだ世界中のあらゆる文化をまとめようと努めているんだ。それゆえ、多くの外国語を習得し、ラテン語、ギリシア語、ヘブライ語、アラム語、アラビア語、フランス語を完璧に話すんだよ……。髪を長くしているのは、大きな鼻を隠すためさ！」

一同はどっと笑ったが、わしはこの場にそぐわない小さな人間だと感じて萎縮するばかりだった。そこで何ができたというのだろう？　大理石の塊をくれたらいいのに、それだけを思っていた。それさえあれば、完全に自分らしくいられたはずだった。

「ミケランジェロ、我々はお前に提案したいことがあるんだ」と、みなの笑いがおさまるや否やロレンツォがささやくように言った。

「ヒッポダメイアの略奪を彫ってみないか？」

それはポリツィアーノのアイデアだった。詩人は直ちにわしの困惑を察して、オウィディウスが語る物語の内容を説明してくれた。

ヒッポダメイアはラピテス族の王ペイリトゥスの花嫁だった。結婚式に招かれた半人半馬のケンタウロス族は葡萄酒を飲むのが初めてだったために酔っ払い、花嫁を誘拐しようとし、女性を襲い始めた。ラピテス族は反撃し、祝宴は乱闘となってしまった。

「オウィディウスはこの物語で、人間の動物的本能に対する理性の優位性をうまく説明しているんだよ」と、フィチーノが説明した。

この物語を知らなかったし、それが意味することも察することができなかった。ますます意気消沈するだけだった。

この気まずい会合に終止符を打つため、「みなさま方、できる限りのことをいたしましょう」と言って、話を端折った。

そして、不安を隠すように努めながら、彼らのもとを去った。

扉を閉める時、声が聞こえた。「無口な少年だと言える。物語の意味は理解したのだろうか？質問をしなかったし、どのような場面を作らなければならないのかも聞かなかった。自信過剰なのか、あるいは小さな天才なのか。何をやってくれるのか楽しみだよ」誰の声かは分からなかったが、不安のあまり部屋からあまりにも早く出て行ってしまったことにあとで気づいた。賢人たちの助言をもっと聞けたはずで、彫刻を彫る上で彼らの言葉からヒントが得られたはずだった。ギルランダイオは絵を描く時に、人物リスト、ポーズ、背景に至るまで、常に正確な構想に沿って仕事をしていた。自分はと言えば、実質的にゼロから出発しなければならず、自分以外の誰にも責任を押しつけることはできなかった。


わが愛するレオナルドよ、ここで話しているのが、今もギベリーナ通りの家にある彫刻のことだと分かっただろう。今なら誤りをおかしたことがわしにも分かるが、あれを彫るのは実に難題だったんだ。どこから始めていいのかまったく分からなかったし、初めての仕事に失敗するのではないかという怖れもあった。実のところ、ロレンツォの仲間たちはわしの度胸と創作力を試すために挑ませ、楽しんでいるのではないかという印象も受けていた。

前に進むため、この考えにすがった。その当時からリスクをおかすことがちっとも怖くなかったからだ。

サン・マルコ庭園で課題に合うような大理石の板を一つ見つけた。いくつかの人物像を定めて、ノミであまり深彫りしないように注意しながら、縁の部分も含めて軽く打ち始めた。というのも、まだ明確な構想がなく、変更できる余裕を持っていたかったからだ。

その晩は意気消沈して屋根裏部屋へ上った。ベルトルドはすでに寝ており、ろうそくをわしのベッドのほうへ移動させ、床につく時に明かりが灯っているようにしてくれていた。

少なくとも、その時はそう思っていた。

明かりを消そうとした時、燭台の下にある一枚の素描に気づいた。すぐに何だか分かった。それは、その一五年前にベルトルドがロレンツォのために制作した、ローマ人と蛮族の戦闘を主題とするブロンズ彫刻の草案だった。話には聞いていたが、これまで見たことがなかった。兵士や馬がもつれて混乱している様子が背景から浮かび上がり、それぞれが優劣つけがたいほど見事に表現されている。肉体は完璧で、少しも戦闘に動転していない。両端には四人の人物が立っており、目前で繰り広げられる騒乱にはまったく気づいていない。

メッセージは、強く明確に届いた。

ベルトルドはそれを参考に戦いの場面を考えるようヒントをくれたのだ。

　翌朝、夜明け前に起きると、いっときも休むことなく大理石の板に金槌を打ち続けた。まる一日、誰も近づく者はいなかった。大理石に向かうわしの熱意はそれほど大きかったんだ。ベルトルドさえも近づかなかった。

　庭園の隅に、三人の若者が蛇と戦う場面を描いた古代のレリーフがあるのに気づいた。そこから、腕を頭上に挙げている中央の人物像を模刻した。お前がフィレンツェの家に戻ったら、近づいてよく見てごらん。その手は背中につるした箙（えびら）から矢をとろうとしているのに気づくだろう。同時に、その箙の存在は胸に下がった帯だけでほのめかされているのも分かるだろう。あの、ごく薄い帯を身体の部分に浅彫りするのは容易ではなかった。他の人物像に関してはできる限り暴力的な混乱を作り上げるように努めた。誰のものかも分からない数々の腕があらゆる方向に伸びており、手は石を投げ、身体はもつれあってひとかたまりになっている。わしは、人物の見分けがつかず、誰が勝利を得たのか分からないような混乱の場面が作りたかったんだ。

　これを仕上げるのにどのくらいの時間がかかったのかを覚えていない。だが、ずいぶん早く終わったような気がする。一度アイデアがまとまると、ノミはひとりでに大理石の上を動いていった。

　彫り終えた時、ベルトルドを呼んで作品を見てもらった。ねぎらいや褒め言葉、もしくは何らかの助言を期待していた。

　彼は、その作品に満足しているか、このままイル・マニフィコに見せたいか、それだけを尋ねた。

「要望に応えられたかどうかの自信はまったくありませんが、他のどこに手を入れていいか分かりません」と、打ち明けた。「がっかりさせても構いません。僕が表現したかったことは全部ここにあります」

ロレンツォとポリツィアーノとフィチーノ、そしてピーコは、それほど待たせなかった。彼らは作業所に入ると、布をかぶせたレリーフの置いてある台の前に座った。わしはロレンツォの顔から視線をそらさずに布をとった。彼は茫然としていた。他の三人は何か言おうとして顔を見合わせていた。

最初に話し始めたのはポリツィアーノだった。「ラピテス族とケンタウロス族の見分けがつかないじゃないか！」驚いたのか失望したのか、どっちなのかは分からなかった。「上半身と腕しか見えないじゃないか。馬の脚はどこにある？」

まったく彼の言う通りだった。実際、それは要求された物語を語ってはいなかった。

「これでは、我々が伝えようとしたメッセージになっていない。人物はみな同じように見える。このレリーフには何の意味も見出せない」と、フィチーノが見解を述べた。

この時、弁解の言葉を見つけることができなかった。言われたことが本当だったからだ。神話のことなどまったく眼中になかった。腕や脚の動き、戦闘の切迫感、緊張する顔の表現に集中して、肉体を彫っただけだった。この彫刻には語るべき物語がどこにもなかったのだ。

ロレンツォからの落第表明を覚悟したが、彼は他者の意見など耳には入らない様子で作品を静かに見つめていた。

困惑しているのは分かったが、満足しているのかそうでないのかは知る由もなかった。

議論は、突然ロレンツォが立ち上がるまで続いた。「友よ、我々の議論は書斎に行って続けよう。彫刻家には静かに仕事をしてもらおうじゃないか。ベルトルド、ミケランジェロ、ご苦労さま」

そして、行ってしまった。ロレンツォは何事もなかったかのように、他の者たちはかなり当惑しながら。

レリーフを再び布で覆い、自分のおかした誤りを考えるしかなかった。どこを間違ったのかは分かっていた。ベルトルドの作品よりずっとリアルな肉体にしようと、筋肉の表現に集中しすぎたあまり、物語を忘れてしまったのだ。どうやったら手直しできるかを考えたが、残念ながらレリーフには場面を豊かにする空間的余裕はなかった。

その日はそれからフィレンツェの町をふらふら歩いて過ごした。時々、自分の目を引くものを紙葉に素描した。たとえば、家の戸口で母親が子に乳をあげる姿、二人の子どもがボール遊びをする様子、腰の曲がった老人が杖をついている姿などだ。どこを間違ったのかをくよくよ悩み続けないよう、頭の中をたくさんのアイデアでいっぱいにしようと努めたんだ。

夜、くたくたになってメディチ邸へ戻った。中庭を横切り、フレスコ画には目もくれず、礼拝堂も通り抜け、屋根裏部屋へ上がった。

今度は、ろうそくの灯は消えていた。

音を立てないように服を脱いで、毛布の下にもぐった。枕に頭をのせると、奇妙なことに冷たく固いものを感じた。手で探ってみると、それが三枚のフィオリーニ金貨であることが分かった。息をのみこみ、叫びたい気持ちを喉の奥に抑えた。それは、わしの彫刻への初めての報酬だった。

ロレンツォはおそらく作品のすべてを理解したわけではなかったのだろうが、確実に評価してくれたのだ。

6

雷がサンタ・マリア・デル・フィオーレ大聖堂（ドゥオーモ）のドームに落ちてランテルナを破壊した日を、まるで昨日のことのように覚えている。それは一四九二年四月五日で、ロレンツォに仕えて二年あまりの頃だった。そんな昔の日付まで正確に覚えていることを、お前は不思議に思うだろう。

それはなぜかと言えば、その時メディチ邸で奇妙な噂が広まっていたからだ。ロレンツォはドゥオーモに侍者を送って、崩壊した破片がどちらの方角に落ちたかを検証させたらしい。「ラルガ通りの方向です」と報告されたという。まさにメディチ邸の方角だった。ロレンツォはそれを不吉な前兆ととらえた。彼は、何ヶ月ものあいだ、夜も眠れぬほどの痛みを抱え、しばしば正餐のテーブルにつくこともできないほどで、その原因をつきとめることができずにいた。

三日後、ロレンツォは死んだ。

レオナルド、目の前が真っ暗になったよ。

わが身がどうなるのかという心配だけが理由ではない、何にもまして、大切な友人を失ってしまったからだ。彼はわしの才能を信じてくれた初めての人間であり、自分の屋敷に迎えて息子のように守ってくれた人だった。

その前年には師匠のベルトルドも逝っており、しばらく注文を受けていなかった。むろん常に何かしらすることはあった。彫像の模刻、素描などをしていたが、新たな挑戦をする必要性を感じていた。だが、ロレンツォの死によってその希望はなくなった。

突然、メディチ邸内は不安を誘うような静寂に包まれた。何週間ものあいだ、リュートの奏でる音楽や階段に満ちあふれていた笑い声を聞くことはなかった。服喪が永遠に続くような気がした。ロレンツォの長男ピエロがサン・マルコ庭園に来たことは一度もなかった。

意気消沈し、家に帰ることにしたが、父はそれをよくは受け取らなかった。

「何しに帰ってきた？　メディチ家の者が一人死んだら他には誰もいないと本気で思っているのか？　早く屋敷に戻ってピエロに会え。そうすれば、仕事をくれるだろう！」一瞬、息子のキャリアを本気で心配してくれているのかと思ったが、すぐに、毎月父に送金していた給料を失うのを怖れているだけだというのが分かった。

何よりも、わしは、ピエロのことが好きではなかった。

彼は傲慢で横柄な男だという悪評を自ら生み出していた。ピエロが庭園に来ることはなかったが、いっぽうで彼の弟たち、ジョヴァンニとジュリアーノは本物の美術愛好家で、しばしばやって来た。ピエロとその妻は正餐のテーブルにつくのも嫌っていた。ロレンツォの民主的な習慣が耐えられなかったそうだ。

どうすればいいのか分からず、ニッコロ・ビキエリーニのもとを訪ねた。彼とはかなり親密な関係を築いていた。

修道院長はいつもの笑みで迎えてくれた。「ミケランジェロ、わたしがもしお前の立場なら、多くのことを期待しないだろう。ロレンツォの死はフィレンツェの町を混乱におとしいれた。そして、ジローラモ・サヴォナローラが予言とともに撒き散らしている張りつめた空気は、晴れやかな心を確実に蝕むものだ。わたしはとても心配しているのだよ」

分かるだろうか、レオナルドよ、今ではなかなか理解できないと思うが、あの時代ロレンツォは君主でも執政長官でもなかったにもかかわらず、フィレンツェの力関係に確かな均衡を作り上げていたんだ。貴族や民衆、共和主義者や聖職者をまとめていたんだよ。ピエロは統制するのが難しい状況を受け継ぎ、その性格が事態をより複雑にした。お前に言ったかどうか覚えてないが、ピエロは「愚鈍」という通称で呼ばれていた。乗馬と宴会と色事しか頭になかったんだ。

過度の享楽生活は、まもなくサヴォナローラの格好の標的となった。サヴォナローラは汚職者、男色者、罪を犯したすべての者たちを糾弾し、いずれ神から恐ろしい懲罰を受けるはずだと言った。あのドミニコ会派の修道士は、サン・マルコ聖堂やドゥオーモの祭壇で行なう攻撃的な説教とともにフィレンツェを恐怖におとしいれた。一万五〇〇〇人にのぼる私的親衛隊の存在も大きかった。彼らは書物を焼き、優雅な女性を襲い、博打を打つ男たちのテーブルをひっくり返した。わしもまったく安心できなかった。

「どうすればいいと思いますか?」と、修道院長のビキエリーニに尋ねた。「家にはいたくありません。父は僕をどこかの商人に丁稚奉公させるかもしれません。結局のところ、まだ一七歳の身ですから」

ビキエリーニがよい助言をしてくれるだろうとは思っていたが、その提案は思いがけないものだった。「実は、我々に必要なものがあるんだよ。長年、教会の聖具室にキリストの磔刑像が欲しいと思っていたのだが、寄贈してもらえるようロレンツォを説得することができなかった。我々にはそれを注文するような金はない。もし篤志家が見つかったら、それをお前に彫って欲しい」

すぐにひらめいたことがあった。当時は頭が冴えていたからな。「神父さま、教会のキリスト磔刑像を彫るのに金など欲しくありません。ただ一つだけお願いしたいことがあるのです」と、彼に近づいて声をひそめて言った。「教会付属の病院で死んでいく病人の身体を研究させてください」

ビキエリーニは目を剝いてあとずさりした。修道院長である彼は、医療活動においても責任者であり、遺体安置所も含めた病院施設のあらゆる場所に入ることができた。しかし、遺体の解剖は法的に認められていなかった。わしは長いあいだ解剖学を研究したいと思っていた。だが、ギルランダイオの工房では解剖は実施されておらず、古代彫刻を模刻するだけで満足しなければならなかった。レオナルド・ダ・ヴィンチが死者の家族から遺体を買って自宅に持ち込み、とてつもない危険をおかしたことを知っていた。こんな取引の段取りをつけるのは、わしには不可能なことだった。

「ロレンツォがお前を本当の息子のように可愛がってきたのが、今なら分かる気がするよ」と、ビキエリーニは答えた。「お前にはロレンツォと同じ勇気と強情さがある。何かに興味を持つと、乗り越えられない障害はなくなるんだ」この言葉は今でも耳に残っている。これを胸に刻み、物事がうまくいかない時や失望した時に思い出して、ずいぶん助けられたものだ。

この日から修道院で暮らすようになった。ビキエリーニは、普段は巡礼者を泊めている小さな部屋を用意してくれた。父には何も言わなかった。きっとメディチ邸へ戻ったと思ったことだろう。

毎夜、最後の祈りが終わったあとで、聖具室で修道院長と会い、鍵の束を受け取り、病院の廊下に入り込んだ。不思議なことに、歩く途中で誰にも会わなかった。ビキエリーニが修道士たちに厳密な指示を出していたに違いない。夜ごと、新しい遺体が待っていた。

まず、ろうそくを台の上、観察したい身体部分のある側に置く。日中よく磨いでおいたナイフを取る。そして遺体に刃を入れる。皮膚、軟骨、身体の内側にある各種の膜、身体は抵抗することもなく刃に刻まれていく。裂いた身体から立ちあがる強烈な匂いを今も忘れることができない。何度も吐きそうになったが、誰かに見つかるかもしれないという怖れと、何よりも先に進みたいという好奇心で、なんとか我慢することができた。

あの時期に学んだことは、わしの仕事の基本となった。それはいかなる素描の授業より有益なものだった。目で見たことを紙葉に書きとめて記憶に残すように努めた。筋肉帯の展開、心臓の形、肋骨の成り立ち、血管の流れ。驚いたことに汚れることはほとんどなかった。というのも、死せる肉体の中で液体は下にたまるため、衣服を血で汚すことなく作業できたからだ。様々な臓器に魅了された。それぞれが異なる実体を持ち、感触も違う。人間が完璧な機械で、様々な要素が集まって比類なき仕組みを作っていることが分かった。血管は身体のあらゆる部分に繋がり、細かい網状組織を形成している。骨は互いが精巧にはめこまれている。ほんの少し身体の内部をのぞいただけで、戦闘のレリーフで自分が自然に反する人間の姿勢を表現していたことが分かった。夜ごと、身体の特定の部位を決めて、そこに集中して探究を続けた。脚について長く研究したあとは胃に移り、さらに肺を探究し、頭部に到達した。顔の解剖には数日を要した。口の動きや表情を定める筋肉組織、額に皺を作る筋や首の詳細を研究するためだった。脳に到達した時の驚きを、お前は想像できないだろう。

あの夜、手元には二〇歳に満たない若者の遺体があった。同世代の少年だった。頭を開くのは実に難しく、脳が床に落ちないよう注意しなければならなかった。それを手で持った時は、震えてしまった。脳は二つの主要な部分からできていて、それぞれがほぼ独立し、同じくらいの大きさだった。軽く押すだけで二つに分けることができただろう。基部には複数の小さな管があり、脊柱と結ばれていた。脳は細い静脈で完全に覆われていた。それが何のためなのか、いまだに分からない。興味が身体の形体にとどまっていたため、各部位の機能について問うことはなかったんだ。それはわしの仕事ではなかった。何しろ一介の彫刻家なのだから。

遺体安置所には窓がなかった。最初の晩はあまりに熱中したため、誰かに見つかりそうになった。遠くから物音が聞こえ始めた。それは、扉の開く音や錠前に鍵を回す音だった。もう朝だ！いったいどのくらいの時間、この中にいたのだろう？　なんとか片づけて急いで出て行くことができたのは、その日の解剖をふくらはぎと腿の筋肉だけにとどめていたからだったが、その時以来、ろうそく一本が消えるまでの時間しか解剖しないことを決めた。約三時間だ。焔の瞬きは、内臓をもとに戻し、剝いだ皮膚の両端を合わせて、遺体を布で覆わなければならないことを知らせる合図となった。

伝染病患者の遺体から立ちのぼる腐敗臭にはどうしても慣れることができなかった。その臭いは、何の哀れみもなく遺体を切り裂いたという罪悪感とともに今もまだ鼻の中に残っている。時折、名もない死人たちのために祈った。彼らはその人生において十分苦しんだというのに、その上、死後もわしからの拷問を受けなければならなかったのだ。

修道院長に約束したキリストの磔刑像は、これらの、ほとんど非人間的な探究に意味があったのかどうかを測る最初の機会となった。強い感情表出と斬新さを絡めた構想をまとめるのには時間がかかった。若く繊細で、まだ髭も生えていない未熟な容姿、ちょうど脳を取りだした、あの青年のようなキリスト像を彫るつもりだった。シナノキ材の丸太を見つけ、仕事にとりかかった。

愛する甥よ、お前はたぶん知らないだろうが、大理石に比べて木材は最大限の繊細さで軽くノミを打たなければならない。大理石は彫らなければならないが、木材はいくつもの樹皮の層を取り除かなければならないんだ。木材に向かわせたのは、人体の皮を剝ぐことに精通したからかもしれない。

キリストの磔刑像は本物の人間のように見えなければならなかった。そのため、解剖台の上で、遺体の両脚を十字架に磔(はりつけ)にされたキリストのように足首が重なる位置に置いて、何度も試していた。この動きは常に腰の位置を回転させた。そうするとイエスは信者の目に身体の側面を見せることになるため、キリスト像の背後も彫らなければならないことに気づいた。華奢でのびやかな身体をした、若く繊細なキリスト像を彫った。力強くもなく英雄的でもない人物像に適切な均衡を与えるのは容易ではなかった。その時まで神や競技者や怪物のような生き物の肉体表現に取り組んできたが、ついに何か新しいものを創造しようとしていた。活力のない人物像は、しかしまた、強烈な効果を生み出さなければならなかった。想像もつかないような苦痛、けれども復活が予示されていた肉体に苦痛の痕跡があってはならなかった。この二つが両立するバランスを探した。

この件について修道院長と長話をしたが、それは、考えてもみなかった発想が熟すきっかけとなった。「十字架上のイエスはあらん限りの人間性を示しているが、すでに奇跡を予知している。自分で十字架の重い木を運びながらカルヴァリオ(ゴルゴタの別称)の丘へ登ったが、それが人間を改心させるために必要なことだと知っていたんだよ」

たった一つの彫刻でなんと多くのことを表現しなければならないのだろう！　そうして、磔刑の悲劇を強調しないことに決め、キリストの頭の重さを感じさせるよう顔を胸につけ、足が顔とは反対のほうへ向くように身体を回転させた。これだけで磔刑像はいまだ生きて自覚を持つ人物に変わった。あとは、イエスにふさわしい威厳を与えるために髪の毛と恥骨のうぶ毛と髭に色をつけるだけで十分だった。

修道院長に彫像を見せると、「復活を予示するための開いた目は必要ない……」と、感動して言った。「予想以上に激しく、そして甘美だ。サヴォナローラの暴力的な言葉とは大違いだ。フィレンツェの全市民に見てもらう価値がある。聖具室には置くまい。サント・スピリト聖堂の主祭壇に飾ろう。これがフィレンツェ人に善行をうながさないわけがないだろう」

7

愛するレオナルドよ、人生において偶然が果たす役割は大きい、流れゆく時の中でそう思うようになった。自分の才能によって多くの仕事を手に入れて満足感を得てきたのも事実だが、しばしば好機がまったく予想もしなかったほうからやって来ることがあった。それは戦略的な結果ではなく、想定外の人々や出来事が招いたものだった。

キリスト磔刑像を仕上げたあと家に戻っていたわしを、サント・スピリト修道院長が訪ねてきた日が昨日のことのようだ。一月だった。嵐がフィレンツェを襲い、町はかつてないほどの大雪で覆われていた。

「ミケランジェロ、メディチ邸でピエロがお前を探していると聞いたぞ」と、修道院長のビキエリーニは言った。

お前の祖父はたちまち興奮したものだった。この不運な息子のために天国から救いの手を差し伸べてくれたと、亡き妻フランチェスカに感謝し始めたくらいだった。ことによると仕事への希望の火が灯ったのかもしれず、直ちにメディチ邸へ飛んでいかなければならなかった。「身体を洗って、一番ましな衣服を選んで身につけろ、そしてピエロのところへ行け。結局のところ、メディチも難しい時代を生きているのだから、これまで彫刻どころでなかったのは理解できるからな」

レオナルドよ、修道院長がもたらした知らせにかなり驚いたことを否定はしない。ロレンツォの死からほぼ二年が過ぎ、息子のピエロとは音信不通になっていた。メディチ邸を出て行く時、わしを引き止めようとする者は誰もいなかった。修道院長の寛大さがなかったなら、ひょっとすると彫刻を投げ出していたかもしれない。出かける準備をしたのは、ただただ父をがっかりさせないように、仕事を得るためには自尊心を捨てる覚悟があるのを見せたかったからだ。しっかり厚着をしたが、大雪の上を歩くのに適したブーツは持ってなかった。ラルガ通りに着いた時、へその辺りまで濡れ、髭は凍り、鼻水が出ていた。

「ミケランジェロ、お前に会えるなんて、なんという喜びだろう！　今までどうしていたんだ？お前が去って以来、この屋敷には、彫刻の名にふさわしい彫像は生まれなかったよ……」声の調子から、ピエロが再会を素直に喜んでいるのが分かった。

「家庭の事情がありました。父の具合がよくなく、幼い弟たちには父の面倒をみることができません。兄はサン・マルコ修道院に入り、サヴォナローラと一緒にいます。私が家にいなければならなかったのです」

なぜこんな言い訳を思いついたのか、自分でもよく分からない。望みさえすれば、あの説教師の怒りをピエロに向かわせられると警告したかったのかもしれない。だが、それは真実ではなかった。兄のリオナルドは確かにドミニコ派の修道士になってはいたが、長いあいだどこでどうしているのか何の便りもなかった。

「お前が戻ってきてくれて嬉しいよ」と、ピエロは続けた。「ここはいつでもお前の家だ。邸内のお前の部屋は今もそのままだ」そして、にっこりしながら言い添えた。「今朝、目が覚めた時、余と妻にはどうしても欲しいものが頭に浮かんだ。それは、お前にしかできないことなのだ」

天にも昇る気分だった。ついにメディチ家のために新しい彫像を彫る日が来たと思ったからだ！

「外にたくさんの雪が積もっているのを見ただろう……、そうだな、お前にぜひとも巨人を彫ってほしいのだ」興味を引く話だったが、すぐには大喜びしたくなかった。

「もちろんです、ピエロ様。もうすでに材料はお手元におありでしょうか？　大きくて美しい大理石の塊を探す必要があります。たとえばカッラーラの白い大理石なら強固な上に光沢がありま す。それから、屋内の作業場が必要ですが……」

「そうじゃない、ミケランジェロ、余の意図が伝わっていないようだ」ピエロが話をさえぎった。

「余と妻のアルフォンシーナは、雪で作った巨人が欲しいんだ！」

大笑いをすればいいのか、急いでこの場を立ち去ればいいのか、分からなかった。わが甥よ、どんな気持ちになったか分かるか？　ドナテッロに挑戦して、フィレンツェで最も偉大な彫刻家になりたいと思っていたのに、お日様が出たらすぐに溶けてしまうような彫像を作るためだけに呼ばれたんだ。父のことを考えて、冷静でいるように努めた。

結局のところ、この町には多くの彫刻家がいる。ピエロがわしを呼んだということは、多少なりとも信頼していたからだ。それに、この仕事を真面目に受けたら、短期間で大勢の人が噂するような巨像を作ることができるだろう。

初めて本能的に反発せず、この依頼を冷静に考えた。彫刻への愛を別にすれば、ピエロの思いつきを楽しむことさえできるかもしれない。

「承知いたしました」と答えた。「この大雪を一箇所に集めてくれる人を送ってください。堂々とした雪の彫刻になるでしょう」

一日中、作業をした。雪は実に簡単に散っていくため、時間内に終えるよう注意が必要だった。だが、時間が経つと雪の塊は凍ってしまい、手で形づけるのが難しくなっていった。ノミでの作業に移った時、これほど力を入れずに彫ったことはないと思ったよ。日が暮れる頃、作業が終わった。

ずぶ濡れになっていた。

雪の彫刻の話題は、瞬く間に町中に広がった。翌日には、それを見ようと、フィレンツェ市民が絶え間なくラルガ通りに長い行列を作った。ピエロは、あたかも洗礼堂に新しい扉を鋳造させたかのように誇らしげだった。顔を輝かせて、この奇妙な巨人を見にきた市民に挨拶していた。雪の像はいく日かは保たれた。そして少しずつ溶け始め、水たまりを作り、道へ流れ出て、神へゆだねるかのように、無の中へ消え去った。

ある日、メディチ邸のお抱え楽師が夢の中で見たことを打ち明けてくれた。ぼろぼろの黒い衣服に身を包んだロレンツォ・デ・メディチが現われて、息子ピエロにフィレンツェからの追放が迫っていることを伝えるよう命じたという。

わしはそれをピエロに伝えるよう勧めたが、カルディエレ、それがこの楽師の名前だったが、彼はピエロの激しい反発を恐れていた。

数日が過ぎた晩、怯えてひどく心を痛めた様子の楽師に会った。ロレンツォがまた夢の中に現われて、彼をとがめたという。「何をモタモタしている。どうして息子に伝えてくれないのだ？あいつを地獄に落としたいのか？」

この時点で、カルディエレは勇気を出して、その頃カレッジの別邸に滞在していたピエロを訪ねることにした。そして、そこへ向かう途中の道でばったり彼に会ったため、夢で見たことを伝えた。

予想通り、イル・ファトゥオ（愚鈍という意味のピエロの通称）は楽師を嘲笑し、従僕たちにカルディエレを愚弄するよう命じた。「お前は狂っている」「ロレンツォ様が大切に思っているのは誰だと思ってるんだ、自分の息子か、それともお前か？　ピエロ様の夢の中に現われるべきだとは思わないのか？」彼らは口々に言った。

だが、しかし、レオナルドよ、どういうわけかは分からないが、あの楽師は本当のことを言っていたのだ。

あの幻影は、あるいは楽師の失望が引き起こしたのかもしれない、もしくは神的な予兆、さもなければ単なる想像の産物だったのかもしれない。だが、それからしばらくして、フィレンツェ市民の暴動が起こり、ピエロは追放された。市民は、フランス王シャルル八世に屈してフランス軍の入城を認めた彼を許さなかったのだ。

いっぽうカルディエレの言葉を信じたわしは、その前に準備を整え、ひそかにヴェネツィアへ向かって出発していた。

何の悔いもなくフィレンツェを去った。状況の悪化は目に見えており、サヴォナローラ派の猛威に巻き込まれる危険性があった。確実に彼らはわしをメディチと結びつけ、さらし台に置いただろう。しばらくは表舞台から姿を消した方がいい……。

ヴェネツィアには、サン・マルコ寺院のモザイクと至るところにあるベッリーニの祭壇画を鑑賞するだけの時間、ほんの数日しかいなかった。そこで仕事を得るには優秀な同業者たちと熾烈な競争をしなければならないことにすぐ気づいたからだ。その上、頼れる者は誰もいなかった。所持金は乏しくなるいっぽうだったから、引き返すことにした。フィレンツェへ戻る途中でボローニャへ寄った。ここならきっとフィレンツェの彫刻家に有利な環境があるだろうと考えたんだ。

正解だった。なぜなら、ラ・グラッサ（とびきりの料理を意味するボローニャの通称）は最高の機会を与えてくれたからだ。そして、これもまた偶然のおかげだった。

この旅は、一人ではなかった。フィレンツェが安全とは思えず他所で仕事を探そうと考えた二人の石工職人と一緒だった。フェッラーラを過ぎると、まだ遠くにあるボローニャがはっきりと見えた。平原に城砦のように姿を現わした。赤い屋根、たくさんの塔。老コジモが貴族たちに城砦の塔を低くしろと命じる前までは、フィレンツェも同じような外観を持っていたに違いない。ボローニャには数十もの塔がそびえ、いくつかは今にも倒れそうなほど傾いていた。

ごちゃごちゃした路地に入り込んだ。路地のほとんどは木とレンガでできたポルティコ（アーケード）で覆われていた。とても寒く、町は深い霧の中に沈んでいた。紹介されていた安宿の道順を尋ねるため、警吏たちに近づいた。

「お前たちの親指を見せろ」彼らはこちらが口を開く前に言った。

「親指ですか？　どうしてですか？」そう言いながら手袋をとって手を広げた。すると、「こっちへ来い」と命令された。

役所に連れて行かれ、そこで初めて自分たちがボローニャに滞在することはできないことを知った。ボローニャ入城の際、城門の扉のそばにある検印所で入国料を払い、支払った証に親指に赤い封蠟（ふうろう）を押してもらわなければならなかったという。

「そんなことは知りませんでした！　こんな霧ではそれを告知している掲示にも気づきませんでした」と抗議した。

「残念だが、規則は規則だ。寒い中、野宿をしたくないなら、町から追い出されたくないなら、五〇ボローニャ貨の罰金を直ちに支払わなければならない」

誰がそんな金を持っている？ レオナルド、言うまでもないが、ポケットにはピエロからもらった最後の給料の残り、いく枚かのフィオリーニ貨があっただけで、連れの二人は一銭も持っていなかった。事態は悪い方向に進んでいた。

突然、役所にいた一人の男が尋ねた。「君はミケランジェロ・ブオナッローティじゃないかね？」その男がしばらく前からじろじろと見ていることには気づいていたが、てっきり三人の哀れな貧乏人の逮捕劇を楽しんでいるのかと思っていた。しかし、そうではなく、彼は自分の疑問を確かめるために見つめていたのだった。

「はい、そうです。けれども、貴方様はどうして私を知っているのですか？」少しばかりいらいらして答えた。洗練された外見とあか抜けた服装から地位のある紳士と見受けられたが、揚げ足とりの人間ではないかと恐れたからだ。

彼は自己紹介をした。ジャンフランチェスコ・アルドロヴァンディ。わしよりほんの少し背が高く、けれどもはるかに上品で、異様なほど長く細い手はまるで一度も手を使ったことがないかのように白かった。握手をすると、すべすべして乾いていた。

「再会できて嬉しいよ、ブオナッローティ！」男は、長く一緒に仕事をしていたロレンツォ主催の宴席で出会ったという。「覚えてないのか？ ロレンツォは宴席の客人たちにいつも君のことを誉めてたじゃないか。わたしはいつの日か君に連絡をして彫刻を注文するつもりだったんだよ。

そして、今、ここに君がいる。なんという偶然だろう！」

いいや、まったく覚えていなかった。だが、男はこの時そこに居合わせたことを心から喜んでいるように見えた。彼が罰金を払ってくれると言った時、言うまでもないが、どんなに嬉しかったことだろう！

「どこに向かっているのかね？　ボローニャに滞在する場所はあるのかい？」と聞かれて、ボローニャに来た経緯を説明して安宿の話をすると、彼は話をさえぎって言った。「喜んで君をわしの客人として迎えるよ、けれども三人全員の居場所はない。どうしたらいいと思う？」まったく知らない者たち、しかもあまり見栄えのよくない二人の職人を自宅に迎えるのを避けたいと思っているのは明らかだった。

職人たちに帰ってもらうのはそう難しくなかった。実のところ彼らはとても怯えており、すぐにでもフィレンツェに戻りたいと、それとなく意思表示をしていたからだ。たとえ自分の国の状況が厳しいものであったとしても、ボローニャよりはずっと安全だと感じていたのだ。彼らに帰路のための金をいくらか渡すと、わしは新たな主人に身を預けることにした。その気さくな物腰に興味をそそられたし、好機をとらえたという確信があった。

わが甥よ、わしは大して期待できないように思える時でも常に前を向いてきた。あの頃のフィレンツェには仕事の可能性は何もなかったし、新たな冒険に踏み出したいという気持ちもあった。そう、それほどわしは若かったんだ！　だが、告白しよう、人生の終わりに近づいた今も、その衝動を感じている。全身全霊で取り組める仕事がわしには常に必要だった。それが朝起きてやる気を出す理由となったからだ。残念ながら、長いあいだ、依頼人の優柔不断、予期せぬ計画変更、邪魔や障害、復讐を受け、耐え忍ぶこともあったが、決してやる気をなくしたことはなかった。しかし、当時のフィレンツェは恐怖と緊張感しかもたらさなかった。だったら高貴な紳士の厚意を受け入れない手はない、ましてやロレンツォに近かった人物なら、なおさらだ。

アルドロヴァンディのおかげで、ボローニャで穏やかな日々を過ごすことができた。彼はそれほど享楽的ではなく、むしろ世間から遠ざかった暮らしを送り、若かったわしを息子のように家へ迎えてくれた。ダンテやペトラルカの詩、あるいは少し厄介なボッカッチョの物語を音読するよう求められ、「君のトスカーナのアクセントは、詩人たちの生の声を聞いているような気持ちにさせてくれるよ」と言うのだった。

彼は人生と自分の町を愛していた。そして、わしにはいつも家が恋しくないかと尋ねてくれた。「今のフィレンツェは私の知っていた町ではありません」と答えた。「道を歩くのも怖いし、話の内容にも注意しなければなりません。サヴォナローラの猛威を誰も止めることができないようです」

ちょうどこの時期にピエロとその家族もボローニャに避難しようとしていたことを知った。メディチ家と長年のつき合いがあったベンティヴォーリオ家が彼らを迎え入れフィレンツェへの帰還を助けようと申し出ていた。このことからも、自分の選択が正しかったと思った。

アルドロヴァンディとはいつも一緒だった。ボローニャの町を案内してくれ、お気に入りの芸術作品を見せてくれた。

サンタ・マリア・デッラ・ヴィータ聖堂のニッコロ・ダ・バーリのテラコッタの彫像群を前にした時の驚きを、今も鮮やかに覚えている。レオナルド、お前はボローニャに行ったことがあるか？　もし行くことがあれば、あの「死せるキリストへの哀悼」を見る機会を逃してはならないよ。

イエスは十字架から降ろされたあと地上に横たわり、マグダラのマリアが絶望の声を上げながら、飛びかかろうとしている。彼女の顔は悲鳴で歪み、その声が聞こえてくるかのようだ。いっぽうクロパのマリアは、イエスの遺体を見たくないとでも言うかのように両手を前に出し、さえぎるように伸ばしている。これほど悲痛に満ちた彫像群を見たことがなかった。信者を慰めたり力づけたりするものではなかった。あの時代、このような彫刻は稀だった。ニッコロ・ダ・バーリは、女性たちの内にある悲しみを掘り下げて、ひるむことなく表現していた。これは、わしの記憶の中に深く刻まれた。

「わたしがなぜ数ヶ月前に君を苦境から救ったのかを明かす時が来たようだ」ある日、アルドロヴァンディは言った。

何を言いたいのか、すぐには分からなかった。

「一緒に来てくれ。君に見せたいもう一つの作品があるんだ」

ドゥオーモの正面に進み、北側に沿ったポルティコを通り抜けると、かなり広い飾り気のない広場に出た。教会堂の大きなファサードだけが目立っていた。無言で中へ入った。

祈りを唱えている修道士たちの声が遠くからかすかに聞こえた。「これが、サン・ドメニコ聖堂だ。ボローニャで最も重要な教会の一つだ。というのも、ここに聖ドミニコの聖遺骸があるからだ」と、アルドロヴァンディは説明した。

話は続いた。このスペイン人修道士が列聖されたあと、大勢の巡礼者がここを訪れ、祈りを捧げ、墓に触れていたが、その数は増すいっぽうで、ついにもっと大きな石棺を造る必要に迫られた。何世紀ものあいだにこの聖人への信仰はますます大きくなり、墓は彫刻を施した大理石の石棺を高い位置に上げたモニュメント、すなわちアルカとなっていたのだ。マエストロ・ニコーラ・ピサーノが一三世紀に彫った作品で、聖人の生涯が六枚の石板に表現されていた。

その後ニッコロ・ダ・バーリがこれに手を加えたことを知って驚いた。不思議なことに、彼の彫ったいくつかの彫像は、サンタ・マリア・デッラ・ヴィータ聖堂で見たものに比べると迫力に欠けていた。あいにく、彼はこの作品を完成させることなく、少し前に亡くなっていた。「ミケランジェロ、君を見た時すぐに、聖ドミニコのアルカを完成させるのは君だと思ったんだ」

自分が？　著名なマエストロ二人が作り上げようとした偉大な作品に手を加えるというのか？　愛するレオナルドよ、忘れるな、わしはその時二〇歳になったばかりで、このような重要な作品に取り組んだことなどなかったのだ。

そこには三つの彫像が足りなかった。大きな燭台を支える天使と二つの聖人像だ。「修道士たちは、ボローニャの町の模型を手にする聖ペトロニウスとボローニャの殉教聖人プロクルスを彫ってほしいと言っている。三〇ドゥカーティ支払うそうだ」と、アルドロヴァンディが話を締めくくった。

三〇ドゥカーティ！　おそらく今ではとるに足らない報酬のように思えるだろうが、当時のわしにはとてつもない大金だった。もしこの仕事を引き受けたら、胸を張って自分は彫刻家だと言えただろう。ついに、才能を認めてくれる者が現われたのだ。

考える間もなくこの依頼を受け、直ちに仕事に取りかかった。

天使から彫り始めたが、すでにあった他の天使像に似せなければならなかった。あの頃のことを思い返すと、ついつい笑いがこみ上げてくる。優美さが足りないと非難されたのだ。衣服の下に腕の筋肉が感じられ、衣文（えもん）の下に身体の線が現われていたからだ。あの頃に比べると、時代はなんと変わったことだろう！

聖ペトロニウスを彫る時には、伝統的な像にしようと決めた。彫像はほんの少しだけ足を前に出し、二つの傾いた塔のある町の模型を手にしている。ボローニャの守護聖人であることや信者の敏感さを考慮して、ニッコロの発想から遠ざからないようにした。大理石の塊はすでに粗彫りされてあり、わしはただ完成を任せられただけだったのだ。

しかし、聖プロクルスに関しては、わが道を行くことに決めた。この聖人はキリスト教に改宗したローマ兵で、キリスト教徒を迫害する司令官を殺害した罪で殉教したと、アルドロヴァンディから聞いていた。わしは聖人が剣を握って飛びかかろうとたくらんでいる姿を想像した。丈の短いローマ兵のチュニカを着て、長靴を履き、肩にマントをかけ、右手に武器を持っている。サント・スピリトでの解剖から学んだ成果を駆使した。目の上に二本の深い皺を刻んで眉をひそめさせ、鼻の両側には縦じわを入れ、唇をキュッと結んだのだ。顔の筋肉は集中力を示している。聖プロクルスの顔をしかめた厳しい表情を作るにはこれで十分だった。彼は英雄なのだ。

何年か前にイル・マニフィコのために彫ったケンタウロスでは、強さや活力を表現するために、身体をねじったり動きを強調したりしたが、ちょうどこの時、そんなことをする必要はないと気づいた。聖人の活力のすべてをバネが跳ね返るように顔の表情に込めるという発想が好ましく思えたんだ。力は、ほんの少し表にほのめかすほうがずっと強烈なものになる。この試みは、のちにダヴィデのポーズを考える上で非常に役に立った。

「素晴らしい、ただただ、素晴らしい。こんな彫刻はこれまで見たことがない」アルドロヴァンディは狂喜した。「ボローニャはついに新たなニッコロ・ダ・バーリを見つけたんだ」

幸せな気持ちで報酬を受け取り、他の注文を受ける希望でいっぱいになった。

しかし、まもなく、その考えを改めざるを得なかった。成功が妬みや逆恨みを引き起こすということを、身をもって学んだのだ。あるボローニャの彫刻家が、サン・ドメニコ聖堂の彫像の仕事は、本来、彼に約束されていたものなのに、ミケランジェロが汚い手を使って奪い取ったという噂を流していた。わしを懲らしめる襲撃が計画されているという知らせも耳に入った。

「ジャンフランチェスコ、どうすればいいでしょうか?」困惑してアルドロヴァンディに尋ねた。

「ボローニャはもてなしのいい町だ。しかし、外国人とボローニャ人のどちらに味方するかと言えば、常に後者だ。彼に対して君が何を言おうと、残念ながらその言葉に効力はない」

「いったい、どうして。貴方が私にこの仕事を下さったのではないですか！」と叫んだ。

「そうは言っても、わたしは、修道士が他の誰かに作品制作を約束していたのかどうかまでは知らない。ミケランジェロ、わたしは問題を抱えるのはごめんだよ」

もうボローニャにいることはできなかった。

愛する甥よ、覚えておいてくれ、アルドロヴァンディの件は一連の激しい失望の始まりに過ぎなかったのだ。

8

一四九五年のクリスマスには家へ戻っていた。父や弟たちは大喜びで迎えてくれた。もっとも、わしの帰宅が嬉しかったのか、ボローニャから持ち帰った三〇ドゥカーティに満足したのかは知らないが。

「ミケランジェロ、お前が父の助言を一度でも聞いてくれ、そしてようやくフィレンツェに戻ってきてくれて嬉しいよ」と、お前の祖父はわしを抱きしめて囁いた。「確かにサヴォナローラは一大変革を起こしつつあるが、フィレンツェが共和国の手中にある限り、ブオナッローティ家の人間は何も恐れることはない。わが家が常に共和派に近かったことは周知の事実だ。ロレンツォとの友好関係は、単に便宜上のことだったんだ」

状況によって風見鶏のように態度を変える父には我慢がならなかった。父を深く愛してはいたが、模範となる人間と見なしたことは一度もなかった。父と弟たちを援助して日々の問題を解決してきたが、彼らの振る舞いが正しいと思ったこともなかった。父は弱い人間だった。だからこそ、守りたかったのかもしれない。

「リオナルドはどうしてる？」と、修道士の兄の消息を尋ねた。「サヴォナローラの泣き虫派（サヴォナローラが修道院長をしていたサン・マルコ聖堂の鐘がすすり泣くような音を鳴らしたことに由来する名称）の一員となったのは本当かい？」

兄の消息は何ヶ月ものあいだまったく不明で、家中の者がサヴォナローラの懲罰部隊に入ったのではないかという不安を抱いていた。もはや彼らは明確にフィレンツェの支配者となっており、信仰と民主主義の名のもとで行動していた。サヴォナローラの許可なしでは紙一枚動かせなかった。共和国の仮面をかぶった独裁政治だった。この新しい政体は、僭主になろうとする者を阻止すべく一大戦線を構築するため、熱狂する庶民の自尊心に狙いを定めていた。

芸術もこの目的のために悪用された。虚飾の焼却を免れたわずかな作品はプロパガンダに使われた。ドナテッロの「ダヴィデ」はメディチ邸の中庭からシニョリーア宮殿の内部に移された。それは、巧みな策略を用いれば危険な侵略者をも打倒できるという勇気のシンボルとなった。ドナテッロがロレンツォの父のために鋳造した「ホロフェルネスの首を斬るユディット」は、市民の暴動の際にメディチ邸から引きずり出され、フィレンツェを支配しようとする者への訓戒として、共和国政府の庁舎前に置かれた。

フィレンツェ人はいつでも美しい芸術作品の中に自分たちを投影してきた。奇妙に思えるかもしれないが、まさにこの悲劇的な時期に、わしの中には一人の依頼人のためではなく全市民に捧げる彫刻を彫りたいという気持ちが芽生えてきた。フィレンツェ人が自分たちのものだと感じられる記念碑的な彫像だ。それを実現させる機会が来るまでは、この思いを心の中に隠すことにした。画家も彫刻家もサヴォナローラの格好の標的だった。したがって、あまり目立たないほうがよかった。

ヴェネツィアの商人が目のくらむような大金を提示して、焼却しようとしていた膨大な芸術作品のすべてを買い取りたいと申し出たそうだ。しかし、彼らは売らなかった。

ロレンツォの従兄弟の何人かはうまく立ち回っていた。傍系のピエルフランチェスコ・デ・メディチの息子、ロレンツォとジョヴァンニは、かつてメディチ本家への陰謀を疑われたため追放されていたが、ピエロ失脚後フィレンツェに戻り、本家から没収されていた一連の芸術品を取り戻す機会を逃さなかった。二人は、共和国への忠誠を示すためイル・ポポラーノ（庶民という意味）の通名を名乗り、その後かなり自由に行動できるようになっていた。

彼らは、わしの帰郷を知ると、すぐに接触してきた。

「ずっとお前の彫刻が欲しいと思っていたんだよ、ミケランジェロ」と言った。「ヘラクレスかアポロンの像と言いたいところだ。だが、このご時世に異教的なものを依頼するのは賢くない。洗礼者聖ヨハネの小像を我々のために彫ってくれないか？　フィレンツェの守護聖人だ。それならサヴォナローラもよい兆候だと受け取るだろう」

その提案に熱意は掻き立てられなかったが、断る理由はなかった。しょせん小さな仕事だった。

実際、この小像がその後どうなったのかも知らない。しかし、ポポラーノ兄弟との関係は、別の理由でわしの人生を左右することになった。

　二人は、彼らの屋敷の庭に設置していた工房へ彫像を見に来た時、もう一つの小像を見つけた。それは、聖人像の制作に飽きた時の片手間に彫っていた、六歳か七歳くらいのクピドの眠る像だった。二人は暗黙の了解をするかのように顔を見合わせた。「これを古い彫像のように見せることはできないかな?」と、ロレンツォ・イル・ポポラーノが尋ねた。

　何が目的かは、すぐに分かった。

　レオナルドよ、実は、以前、偽の骨董品を作れる若い彫刻家を探していた商人に会う機会があったんだ。そうすれば、無名の作家の作品よりもはるかに高く売れるからだ。制作する者にはわずかな金しか払わず、転売する際には骨董品として高い値段をつけていた。

「やってみましょう。でも、どうするおつもりなのですか?」と、疑念を抱いて尋ねてみた。

「骨董品市場が活発なローマに闇ブローカーがいるんだ。ローマで発掘されたものとして未熟な蒐集家に売りさばこう。お前にもうまい商売だと思うが」

　簡単に稼げることに惹かれたのか、金持ちの紳士をからかう趣向に引かれたのかは分からなかった。ともかく、クピドの表面に粗いやすりをかけ、粘り気のある腐植土で覆い、煙で加工した。クピドは数時間で数百年分の歳をとった。わしだって騙されただろう。

　ロレンツォ・イル・ポポラーノに商品を渡すと、数日後には三〇ドゥカーティ金貨の入った小袋をくれた。

「素晴らしい！」と、父は歓喜した。「お前は、数日で完成させた小像で、ボローニャで何ヶ月もかかって三つの彫刻を彫った時と同じ金額を稼いだんだ。そうだな、これはうまい商売だ！」バッボ（トスカーナの方言でパパという意味）は、ためらうことなくわしを贋作市場で働くよう仕向けるつもりだった。父にとっては、簡単に稼げて、家族みなの安定した未来を保証する土地の購入資金を貯めるのに理想的な仕事だったのだ。

そして、その馬鹿げた計画では足りないとでも言うかのように、あの当時、お前の父ブオナッロートと叔父シジスモンドまでが工房を開けようとしていたんだ。

幸いにも、すぐにその熱が冷める出来事が起こった。クピドの取引から少し経って、ロレンツォ・イル・ポポラーノがローマから来たという一人の紳士を家に連れてきた。彫刻の売買を任せていた骨董商かと思った。だが、そうではなかった。その男は、美術蒐集家で彫刻を愛好する者だと自己紹介し、わしの作品の評判を聞いたという。素描を何枚か見せるように請われた。

「残念ながら、お見せするものは何もありません」と答えた。

「それなら、わたしの手をここで素描してくれないか？」

一枚の紙葉をとってスケッチすると、「分かっていたよ。君以外の誰でもないってことを！」と言った。

父は最悪の事態を予想して消え去り、弟たちは来たるべき口論に巻き込まれないように部屋の隅に引っ込んだ。

「どういう意味ですか？」と、心配で胸がつまりながらも質問した。

「わたしのご主人様が骨董品として買ったクピドを彫った彫刻家は君だね！　アウグストゥス帝の時代の発掘品として二〇〇ドゥカーティ金貨も巻き上げられたんだ。だが、偽物だった！」

二〇〇ドゥカーティ金貨、レオナルド、分かるか？　あの、うまい商売の犠牲者は二人、この紳士の主人とわしだったのだ。

男は、自分がラッファエレ・リアーリオ枢機卿の秘書であること、枢機卿がローマで最も裕福な権力者の一人だということを説明した。

「枢機卿は金持ちだが、馬鹿ではない。詐欺ではないかと見抜くや否や、真実を見つけて金を取り戻すため、わたしをフィレンツェへ送ったのだ」

「私も騙されたのです！　三〇ドゥカーティしかもらっていません」と、本当のことを言った。全額を返すなんて、できるはずがなかった。

男は、自分たちの疑惑の証拠をつかむために会いに来ただけで、枢機卿は制作者に弁償させる意図は持っていないと説明した。それどころか、このように巧みに彫った者の才能と賢さに興味を持って、会いたがっているという話だった。

レオナルド、分かるか？　破滅の道に導くかのように思えた出会いは、とてつもない好機へと変わったのだ。贋作のうまい商売とは大違いだ！　枢機卿直々の招聘でローマへ行く機会を与えてくれたんだ。

衣類をいくつかかき集めて荷造りし、家族に挨拶すると、自分の駄馬と一緒に秘書の馬車のあとに従った。
喜びでいっぱいだった。

9

旅の途中、ただただ、あの彫像を取り戻す方法だけを考えていた。そもそも自分自身が詐欺の片棒を担いだ張本人だったのだから仕方がないとは思っていたが、自分が欺かれたと考えるのは耐えられなかった。枢機卿に会うことを想像しながら、どう話せばいいかを考えた。

だが、ローマに入ったとたん、話すべき言葉をすべて忘れてしまった。

道という道はテヴェレ川の氾濫がもたらした泥で覆われ、牛は食物を探してゴミの中に鼻柱を突っ込んでネズミを横に追いやり、建造物は朽ち果て、人々はかろうじて立っている廃墟の軒下で暮らしていた。

ローマは、巨大な野外下水道のようだった。

思い返すと、いまだにフラミニア門を越えてまもなく感じた嫌悪感や吐き気がする。馬に乗って枢機卿の秘書の馬車のあとに続き、大勢の巡礼者の中を進んで行ったが、彼らは巡礼者というよりは難民のようだった。侵略されたばかりの町に着いたかのようだった。ローマは混迷を極めていた。

自分の状況を知らせるため父やロレンツォ・イル・ポポラーノに定期的に手紙を書いたが、この詳細を伝えるのは避けた。イル・ポポラーノは何通か紹介状を持たせてくれていた。ローマに着いてすぐにいくつかを使った。まず、パオロ・ディ・パンドルフォ・ルチェライを訪ねると、仕事を得るまでの生活費を貸してくれた。それから、フィレンツェ商人のトマーソ・カヴァルカンティやフィレンツェの銀行家バルダッサーレ・バルドゥッチと連絡をとった。協力を惜しまないフィレンツェ人コミュニティから即座に受け入れられたことに安堵した。というのもローマでの状況がかなり複雑だったからだ。庇護者もいなければ誇れるような名声も持っていない中、わしはまったく未知の世界にいた。用心深く行動しなければならなかった。

リアーリオ枢機卿は待ち構えていた。イル・ポポラーノの手紙を読もうともしなかった。そして、すぐに宝石や彫刻、貴重品であふれるコレクションを見に連れて行ってくれた。おそらくクピド像を古代風に細工したわしを古代美術の目利きだと思ったのだろう。

ハゲで尖った鼻を持ち、キビキビした目で迅速な振る舞いをする枢機卿は、室内着でわしを迎えると、宮殿の中庭を通って案内してくれた。宮殿は、枢機卿の大伯父が教皇シクストゥス四世だった時代に建造されたもので、優雅な様式で圧倒されるような大きさを誇り、トル・ディ・ノーナの近くにあった。教皇が死んですでに一〇年以上が経っていたが、リアーリオ枢機卿は教皇の隠し子だという噂もあった。宮殿はメディチ邸よりはるかに大きく、くぼみのある部分には必ず古代彫刻が置いてあった。

枢機卿のコレクションはロレンツォ・イル・マニフィコのそれとはまるで違っていた。ローマでは古代美術への情熱がはるかに大きいのがひと目で分かった。

この当時、ローマでは多くの宮殿が生まれつつあり、それと同時に古代美術の発見も頻繁に起こり、枢機卿たちはよりよい品を手に入れるために競っていた。リアーリオ枢機卿は相当なコレクションを揃えていた。これらの驚くべき逸品を模写するため、丸一日そこで過ごしたいと思ったほどだった。

「お前は、これらの彫刻と同じくらい美しいものを余のために作ることはできるか?」と、挑発するかのような口調で尋ねた。

うなずきながら答えた。「このように偉大なものは作れないかもしれませんが、力の限りを尽くしたものをご覧にいれましょう」

枢機卿は慎ましい言葉に好感を持ったようだったが、実のところ、わしははったり屋に見えないようなふりをしただけだった。それから、彼は、信頼できる銀行家に大理石の塊を買うよう命じた。

枢機卿の権力が大きければ大きいほど物事に熱狂しやすいということを、まもなく知った。彼らが金を使う時は果断で思い切りがいいため、こちらも歩調を合わせる必要がある。リアーリオ枢機卿は、間違いなく最も意欲的な一人だった。

レオナルドよ、考えてもみろ、あの時代、彼はすでに驚くほど素晴らしい宮殿を持っていながら、もう一つ、もっと大きなものを自費で建設中だったんだ。設計には古参のアンドレア・ブレーニョもかかわっていたが、ちょうどその頃は大勢の作業員が広大な中庭で仕事をしていた。あり得ないほど広い中庭はウルビーノ出身の建築家ドナート・ブラマンテの手によって建造中で、わしも彼のよい評判は聞いていた。ブラマンテはすぐ隣にあった教会の古代円柱を解体し、中庭の四つの側面に沿った回廊に使おうとしていた。枢機卿によると、これらの円柱はそもそも古代ローマ劇場に使われていたもので、建築家の目には中庭の回廊のアーチを支えるのに完璧に映ったという話だった。その上、教会は別の形で残ることになるのだ。

「余の私的礼拝堂になるだろう！」と、リアーリオ枢機卿は歓喜に満ちた声で言った。

要するに、ローマでは、古い建造物を別の建造物の資材へ転用することしかしていなかったんだ。建築資材はいくらでもあり、朽ち果てた神殿や廃墟と化した教会を壊すだけで、大した費用もかからずに新たな建造物を生み出す資材となった。リアーリオ枢機卿の新宮殿は一八万スクーディ金貨もの費用がかかり、そのうち六万スクーディは、教皇インノケンティウス八世の甥とのサイコロ遊びで勝った金だと言われていた。お前も見るべきだったよ！　ローマでは、度を超すことが当たり前だったんだ。

冷ややかな皮肉さで権力と人を動かすのに長けた狡猾な巨人たちのあいだを動き回るのは、わしのような若い彫刻家には簡単なことではなかった。間違いなく、生きることを学んだ大きな学校だった。

彫刻制作に必要な取り決めをするため、リアーリオ枢機卿の出納責任者、銀行家ヤコポ・ガッリに呼ばれた。

「枢機卿猊下がお前に等身大の彫刻を依頼する。報酬は一五〇スクーディ金貨だ。しかるに別途一〇スクーディを大理石の購入費用として渡す」

最初は、自分が勘違いしたのではないかと思った。仕事に支払われる報酬がボローニャの聖プロクルス像の一〇倍以上であるだけでなく、その上さらに資材代ももらえるということに驚いたんだ。だが、正直言って資材代としては不足しているように思えた。

「ガッリ殿、一〇スクーディでいったいどれだけの大理石が買えるとお思いですか?」

「お前はローマにいるではないか! 町は野外石切場だ。古代建造物から取り出した塊を手に入れるのはそれほど難しくないだろう。ここでは、ほとんどのものを再利用している。お願いだから、騙されないようにしてくれ。一〇スクーディは、必要な資材を買うに十分すぎる額なんだ」

当然ながら、彼の言ったことは正しかった。

*

ほどよい大きさの大理石の塊を見つけるのにそれほど時間はかからなかった。明らかに最上級のものではなかったが、満足だった。いずれにしても、他の選択肢はなかっただろう。

それをガッリ邸の庭に運ばせた。ガッリは、カンポ・デ・フィオリから近い、リアーリオ枢機卿が建設中の宮殿の正面に住んでいた。彼は、彫刻を制作するのに必要な時間だけ滞在していいと申し出てくれた。

これまでに感じたことのないプレッシャーを感じていた。リアーリオ枢機卿は彫刻を屋外に置き、周囲を廻って眺める予定だったから、石塊の側面すべてを彫らなければならなかったが、それ自体は石の大きさも含めてさほど心配していなかった。わしを平常心でいられなくしたのは、周りにある古代彫刻と比較されることだった。枢機卿は明確に「同じくらいに美しいもの」と依頼していた。これまで古代彫刻を見て模刻もしてきたが、今度は彼らと競わなければならないのだ。ペイディアス、プラクシテレスという古代ギリシアの二人の巨星たちと。リアーリオ枢機卿が作品を依頼したのは、ただ単に美しい彫刻がほしいからではなく、わしが巻き込んだ詐欺の代償を求めているのではないかという疑惑も頭に浮かんだ。仕事をしているあいだ、ずっと彼の吐息を首に感じていた。

正面からこの仕事に取り組むことにした。

異教の神バッカスを彫るつもりだった。ゆえに直接的な比較となるはずだった。地中から掘り出されたものと同じような裸体像だ。

像の大きさを決めるために大理石の塊を粗彫りしたが、この挑戦に勝つためには、少し変化を加えた主題で臨まなければならないと思った。第一印象では古典的でなければならないが、よく見るうちにどこか異質な部分が浮かび上がり、これまでなかったような斬新さを演出しなければならなかった。わしのバッカスは少しも勇ましくはなかったが、柔らかく優美で、葡萄酒でぼうっとしていた。酒杯を口に運ぼうとするかのように唇は半分開き、目は葡萄酒に引きつけられ、片方の脚を曲げ、もう一方の脚で身体を支えていた。

ローマ時代の彫刻を研究していたから、彫刻家が呼ぶところの「コントラポスト」を完全にマスターしていた。愛するレオナルドよ、要するにギリシア人は、釣り合いのとれた人物像の作り方、なぜ両腕と両脚は反対の方向に動くのかを教えてくれたのだ。つまり、右手に何かを持っていたなら、左脚は身体を支えるため硬く張りつめて呼応し、いっぽうで他の手脚は休んでいる。このような小さな工夫は、たいていの古代彫刻の中に見出せるものだ。

だが、わしはこの法則をからかってみたくなった。バッカスの腰を前に出し、同じ位置で右脚を曲げた。すると、身体のバランスが不安定になった。頭も身体の軸からずれてしまった。この時点で、この遊び心が背後の石塊によってだいなしにされないよう注意しなければならなかった。彫像が倒れないようにするだけの理由で、木の切り株や円柱の土台を彫るのは避けたかった。

その部分に生気を与えることを決め、子どものサテュロス（半人半獣の森の神）が葡萄の房をつかんでいるところを彫った。バッカスのうしろに隠れているように見え、顔を葡萄の中にうずめ、身をよじらせて官能的な姿勢をしている。二つの彫像を見れば見るほど、ほどよい情熱と官能性を詰め込んだように思えた。大理石の破片を取り除いていた時に見苦しい筋模様が出てきたが、石にかなりもろい部分があったため、磨く方法も時間もなかった。それでも、この作品に満足していた。

時折、ガッリが仕事の進み具合を見に庭へ降りてきた。いつ来ても、わしは、石塊の頂上に容易に届くよう自分で作った小さな足場の上にいた。彼は決してあれこれと口出しをしなかった。こちらもまた彼の意見を聞くことはなかった。いずれにせよ、構想を変更することはなかっただろう。

あの当時に決めていたことが一つだけある。もし依頼人がわしの構想を気に入らない場合でも、その要求には屈しないということだ。誰もが受け入れるべきだと考えていたんだ。なんと若くて未熟だったことだろう、レオナルドよ！　自分の信念を認めてもらうために、その後の人生でどれだけの戦いと敗北が待ち受けているのかをまだ知らなかったんだ。

「バッカス」を見たリアーリオ枢機卿の反応は、全能感でいっぱいだったわしに屈辱を与えた。「余は好きではない。断じて余のコレクションの他の彫刻と一緒に置くことはできない」と、決然とした声で明言した。「みだらな雰囲気が不快にさせる。無気力だ。優美ではない、釣り合いがとれていない、神性が感じられない」

返す言葉もなかった。わしには実に稀なことだ！

それでも、彼の言うことは完全に正しかった。わしはあの像から誇りというものを完全に排除していたのだ。

彫像は数週間、庭に放置されていた。フィレンツェの銀行家を通して他の美術蒐集家に売りさばこうとしたが、リアーリオ枢機卿の評価と異なる意見を持つ者は見つからなかった。

けれども驚いたことに、ガッリは金を返すようには言わなかった。それどころか、約束通りの報酬を最後の一フィオリーノまできちんと支払ってくれた。

「ミケランジェロ、少し時間が経った今なら言える」と、ある日ガッリは言った。「わたしはお前のバッカスが好きだ。自分の家に飾りたいと思う。この問題はわたしが枢機卿と話して解決するよ」

ガッリはわしを自宅に泊め、工房まで作ってくれ、友だちのように迎えて数多のローマのサロンに紹介してくれた。だが、これまで彼が作品について意見を述べるのは聞いたことがなかった。親切な紳士だが、芯のない男のように思っていた。ところが、わしが膠着状態に陥ると、必要欠くべからざる存在だということを示したのだ。

「バッカス」を彫ったあとはたくさんの注文が入るだろうと、都合よく考えていた。ローマの芸術市場に正面から堂々と入るため、あの彫刻に賭けていたのだ。だが、それは、大きな打撃へと変わってしまったのではないかと不安だった。頑固者のわしは、またしても度を超してしまったのだ！

一四九七年五月、ボルジア家出身の教皇アレクサンデル六世がジローラモ・サヴォナローラを破門した。サヴォナローラの立場は急速に危うくなってしまった。なぜなら、教皇の措置は、このドミニコ会の修道士がフィレンツェに強いた恐怖政治の反対勢力を活気づけたからだ。

家に戻ろうかとさえ思った。しかし、その場合は自らの敗北に立ち向かわなければならなかった。ちょうどこの頃ピエロ・デ・メディチから作品依頼の連絡があったが、うやむやになってしまった。絵画でリスクをおかすことは少なかったため、いく枚かの板絵を描いた。キリストの降架と未完成に終わった聖母子だ。とはいえ、誰かが彫刻を依頼してくれる望みを持ち続けていた。

「ミケランジェロ、ローマは厄介な町だ。ほんの些細なことで、いとも簡単に名声を失ってしまう」と、ガッリが言った。「でも、わたしはお前の才能を信じているし、お前のちょっと変わった彫刻を評価する者は必ずいるとも確信しているんだ」

レオナルドよ、実際、人生の岐路はすぐそこまで迫っていた。だが、それはローマからではなかった。フィレンツェからでもなかった。


尻尾を巻いて父のところへ帰ろうかと思っていた矢先、ガッリに呼ばれた。

「ミケランジェロ、フランスから依頼が来た！」

遠く離れた場所でどうして自分のことを知っているのだろう？　不思議に思った。

「ローマをよく知っている高位聖職者だ。ここローマで何年もシャルル八世の大使を務め、前教皇のインノケンティウス八世からローマ総督にも任命されていた人物だ。そして今ではサン・ドニの枢機卿だ」

この依頼がますます不可解に思えた。

「ジャン・ビレール・ド・ラグロラといって、リアーリオ枢機卿の友人だ」

この事実を素直には喜べなかった。なぜなら、わしの破滅はまさにリアーリオ枢機卿から始まったと思っていたからだ。

「ミケランジェロ、早い話、この男は本日づけでお前が彫る大理石の代金として一三三ライングルデン金貨を送金してくれたばかりだよ」

「ドゥカーティ金貨に換算するといくらになりますか？」今度ばかりは中古の資材で仕事をするつもりはなかった。

「一〇〇ドゥカーティ金貨だ」

ああ、それなら大丈夫だとまともに考えられるようになった！　この金額なら、カッラーラの第一級の大理石を買うことができる。しかも大きくて美しい石を。

「ところで、何を彫ればいいのですか？」

「ピエタだ。今のローマで最も素晴らしい、他の誰にもこれ以上のものは彫れないような大理石の彫刻を一年後に渡すことを約束したばかりだ」

これこそ、まさに、わしの自尊心と野心に火をつけるのに必要なものだった。

すぐに馬を買ってカッラーラへ向かい、道中では馬を休ませるために止まっただけだった。この先一二ヶ月は立ち向かうことになる大理石の塊を早く自分で選びたかった。

セッティニャーノの石工職人を通じて知っていた石切り工のマッテオ・クッカレッロに助力を求めた。彼は再会を喜んでくれ、快く石切り場へ案内してくれた。

あの、壮大な岩壁に囲まれた巨大な採石場の中心で抱いた感覚をはっきりと覚えている。岩壁は時間帯によってその色を変えた。白、ブルー、グレイ、バラ色へと。石塊が崩れ落ちる凄まじい振動が続き、その音の中に石を切り出した男たちの労苦を感じることができた。

人生の中で何度となくあの場所に戻ったが、人間と大理石が死闘を繰り広げるという痛烈な感覚を覚えたのは、あの日だけだった。石切り工たちが大理石を切り出すために使う労苦と知恵を見ていると、山を傷つけようとする人間とそれに抵抗しようとする山を知覚することができた。石切り工は、岩の弱点を見つけ、そこを集中的に攻撃し、最後に屈服させなければならない。彫刻家は、石と触れ合い、従わせ、大理石に残された痕跡を見つけ出し、それに導かれるままであればいい。なぜなら、こうすることでしか、抵抗する石との対立を超えることはできないからだ。

カッラーラで自分の弱さと強さを同時に感じていた。石工職人に自己を提供する寛大で気高い山の前では小さな存在でしかないが、その石を自分の手で造形できるという観点からは巨人なのだ。

むろん、このような考えをマッテオに話すことはなかった。どんな石塊を求めているのか、どんな特徴の石を望むのか、輝くような光沢がいかに重要かを説明し、特に、筋模様や節（ふし）のない最上級の美しい石が見つかるまではここを離れるつもりがないことを明言した。彼のような熟練工だけが、どの辺りに最も純粋で美しい石があるかを知り得ていた。石の迷宮を隅から隅まで調べるのに何日もかかった。山の上に登れば登るほど、大理石は色を変え、明るくなっていった。あたかも山が困らせようとしているかのようだったが、あきらめなかった。何度も山を登ったり降りたりしてへとへとになったあとで、石切り工らと話し合い、売買の交渉、そして、合意の握手に至り、ついに探し求めていた大理石の塊を見つけた。マッテオに前金を渡して、残金は石がローマに到着してから支払うことを約束した。

帰路の旅は、作品の構想を考えるのにちょうどよく、有益なものとなった。枢機卿は、「ピエタ」をサン・ピエトロ大聖堂のすぐ近くにあったサンタ・ペトロニッラ礼拝堂の中に設置しようと考えていた。その礼拝堂は今ではもう存在しない。大聖堂の再建のため壊されてしまったからだ。だが、幸運なことに彫刻は無事だった。

その当時、ピエタは、北ヨーロッパではしばしば見られる主題だったが、イタリアではかなり稀なものだった。それは、聖母が十字架から降ろされたばかりのキリストの遺体を膝の上に抱くという姿で表わされた。

愛する甥よ、そうだ、数日前の夜、急に見たくなった、あの彫刻について話しているんだ。あの時、あれをそばから見て触れる必要性を感じていた。あとにも先にも、これほど大きな熱意で石を磨いたのは、この作品だけだったと思う。やすり、軽石、砂粒は、取り返しのつかないほど手を痛めつけた。だが、分かっていたんだ、光の反射が大理石をよりいっそう柔らかく見せるであろうことを。なぜなら、レオナルドよ、最終的にあの彫刻で目指したのは、錯覚を作り上げることだったからだ。古代彫刻を真似るのではなく、解剖学的に正確な肉体を石で表現することでもなかった。生きているように見せたかったんだ。

大理石を超えて、石にもう一つの命を与えようと努めたんだ。聖母マリアの衣服のひだの一枚一枚をノミで彫り、布が胸にぴったりするように、そして脚の動きが想像できるようにしたのだ。

時折、度を超したような気もした。たとえば衣服は、盛大な宴の衣装でもないのに、必要以上に大きくかさばっている。だが、わしは、聖母の肉体を消して、彼女を基壇に、そう、哀悼する信者にイエスの遺体を差し出す基壇に変えたかったんだ。聖母はイエスの腕の下にスダーリオ(死者にかける布)を使って手を差し込み、息子の身体を支えている。イエスの命の火は消え、遺体は常にその重さでダラリとするから、少しとりとめのない姿勢をしている。亡骸の両脚を見せるため、地面に小さな切り株をこしらえ、そこにキリストの左のかかとを置いた。力が完全に抜けている様子を表わすため右手の指を聖母の衣服のひだに絡ませた。イエスの身体は完全にねじれている。

聖母マリアに関してはより自由に表現した。彼女は息子の重さをまったく感じていない。今にもすべり落ちそうな体勢にある息子をいとも簡単に支えている。レオナルドよ、実を言うと、ここでの聖母は現実的ではない。自分が抱いていた理想像を彫りたかったんだ。

おそらくお前の耳にも入っただろうが、この聖母像について批判の声が上がった。あまりにも若過ぎる、息子より若く見えると非難されたのだ！　だが、わしは、信念を持って弁明した。「貞節な女性がそうでない女性に比べてはるかに瑞々(みずみず)しさを保つことを君たちは知らないのか？みだらな欲望とは無縁の高潔な処女であれば、なおさらだ。それでもあの身体を変えろと言うのか？」

自分は正しいと確信していた。この像を彫っている時、ダンテの『神曲・天国篇』の最終歌章で聖母マリアへ歌う祈りの言葉を、絶え間なく考えていた。「母にして処女なるもの、神の子の娘、慎ましく、いかなる被造物よりも気高い」

この言葉の中にはなんと多くの真実があることだろう！　本質的に、聖母マリアはイエスの母であると同時に娘でもある。彼女は神の永遠の国にあり、そしてそれは、初めから定められていたことなのだ。

年月が過ぎるうちに、わしはより冷笑的になったはずだ。なぜなら、この作品の創作へと導いてくれた精神性をすべて失ったように思えるからだ。あたかも、ピエタのあとでは、現実が優位に立ち、信仰だけが与えてくれる着想がもう湧き出てこなくなったかのようだった。

サン・ピエトロ大聖堂の聖母には一つだけその人間性を示す部分がある。息子の運命を自覚しながら苦悩を見せることすらしない顔ではない。多大な負担がかかるのに重い遺体を軽々と支えている両脚でもない。それは、宙に浮く左手だ。そこに聖母の精神が集中している。手のひらは開いているが、伸ばしてはいない。胸より少しうしろに下がっている。あの手で、聖母はキリストを見せると同時に、我々に問いただしているのだ。

母親としての聖母に言わせたかった。「さあ、これがわたくしの息子です。十字架にかけられて死ぬことが運命でした。でも、わたくしは受け入れることができません」と。

ほのめかす程度のかすかな動きを彫って、些細な手ぶりに抑えた。だからこそ、いっそう心を打つのだ。

なぜ数日前に、まともに足も動かせないわしが、雨の降る暗闇の中、これを見に行こうとしたのかが、分かるか？　なぜなら、どうやって大理石の塊に命を吹き込んで喋らせたのかを忘れてしまったように思ったからだ。

ラグロラ枢機卿は「ピエタ」の完成を見る前に死んだ。しかし彼の相続人たちは契約を守ってくれた。ガッリはわしの代わりに契約通りの四五〇ドゥカーティ金貨の報酬を受け取り、礼拝堂への設置を整えてくれた。

絶大な成功を収めた。

父がとても心配していただなんて、おかしいだろう！　この仕事をしている時はずっと詳しい状況を知らせていたのにな。ところで、わしはようやくいい稼ぎを当てにできるようになったものの、自分の習慣を変えなかった。ほとんど眠らず、少ししか食べず、衣服にはまったく構わなかった。彫刻から離れて過ごす時間は、取り返しがつかないほど無駄だと思っていた。

お前の祖父はとがめるように言った。「若いうちは辛抱できるだろう。だが、年老いてからその代償を払うことになるぞ！」わしへ放った数々の小言の中で、おそらくこれが最も思慮深いものだっただろう。

けれども、贅沢な生活に惹かれたことは一度もなかった。それができる状況にはあったが、単純に興味がなかったんだ。レオナルド・ダ・ヴィンチのように裕福な暮らしにとらわれたことはなかったし、ラファエッロのように享楽的でありたいと思ったこともなかった。

わしには、常に、彫刻だけしか存在しなかった。だからこそ、まだ有名でなかったせいで、ピエタがロンバルディア出身の彫刻家の作品だという噂が流れていると知った時、激怒したのだ。彫像によじ登って、聖母の飾り帯に自分の名前を刻んだ。MICHAEL AGELUS BONAROTVS

FLORENT FACIEBATと。誰もがわしの作品と苦労の結果を認めるように。

「ピエタ」は、署名せざるを得なかった唯一の彫刻となった。その時から、わしの才能は万人に知られることになったのだ。

10

「ピエタ」を完成させた時、わしはまだ二五歳になっていなかった。

自分を無敵だと感じていた。どんな仕事が来ようと取り組むことができると思っていたんだ。父の知らせで、サヴォナローラの処刑後、共和国政府が公的作品の発注を再開したことを知った。目的は、市民のフィレンツェという共同体への帰属意識と信頼を強固にすることだった。あの修道士が分断した人々のあいだに再び堅い絆を作る必要があったんだ。共和国政府のトップ、行政長官のピエル・ソデリーニは、計画の遂行には画家や彫刻家や建築家の力が必要だと考えていた。ドゥオーモの事業、すなわち大聖堂の奥の作業場に四〇年近く放置されていた大理石の塊を引き出すための状況を整えたのも彼だった。かつての計画では、巨大なダヴィデ像を制作してドゥオーモのファサードの横、高い位置にある控え壁（補強用の壁）に設置する予定だった。アゴスティーノ・ディ・ドゥッチョという彫刻家が依頼を受けていた。彼は、カッラーラで一五フィート（約四メートル半）以上もの高さの石塊を切り出すとすぐ、運びやすくするためにその場で粗彫りをしていた。しかし、作業はそれ以上進まなかった。

その一〇年後、別の彫刻家アントニオ・ロッセリーノが彫像を完成させようとしたが、彼もまた、この巨大な石塊を彫るのは桁外れな困難だと認めざるを得なかった。何世紀ものあいだ、このような壮大な作品に取り組んだ者はいなかった。わしは最後の巨大彫像をローマのクィリナーレの丘で見たことがある。それは一対のディオスクーロイ像で、コンスタンティヌス帝が浴場を飾るために置いていたものがそのまま残っていた。その後、このような堂々たる作品を制作する技術は失われてしまった。あるいは、制作する度胸を失ったとも言える。

大理石の大きさに加えて、アゴスティーノが施した粗彫りの問題もあった。いくつかの部分を削り過ぎていたのだ。

わが甥よ、要するにこの事業には落とし穴が多かったんだ。だが、わしは、この巨大な石塊を彫る仕事を手に入れるため、いずれにせよローマを発つことを決意した。

ドゥオーモ事業委員会は、当初、ミラノから戻ったばかりのレオナルド・ダ・ヴィンチに打診したが、奴はとてつもない肉体労働が必要となる仕事を上手に断った。奴がどれだけ彫刻を嫌っていたかは、すでにお前に話した通りだ。

アンドレア・サンソヴィーノが名乗り出たという話も聞いた。削られ過ぎた部分に大理石を少しつけ足すことを提案し、美しい彫刻にすることを約束したそうだ。ところが、実に驚いたことに、サンソヴィーノにゆだねる前に、ドゥオーモ事業委員会はわしに相談してきたのだ。

「君が卓越したマエストロになったことは知っている。ピエタの名声はここまで届いているからな。我々はサンソヴィーノの案には納得できないんだ。それに、我々のダヴィデを彫るのがフィレンツェ人だったら、どれほど誇らしいことだろう」

彼らの寄せる信頼は、わしの胸を打った。かつてメディチ家と繋がっていた関係から、もう故郷(ふるさと)ではいかなる仕事もできないだろうと思っていたのに、共和国政府から、彫刻家なら誰でも喉から手が出るほどほしい事業の遂行を求められたのだ。何よりも嬉しかったのは、これまで二人の著名なマエストロが失敗した仕事を、わしならできると信じてくれたことだった。

「大理石の追加は必要ありません」と、確信を持って答えた。「石塊はこのままで完璧です。すぐにも仕事に取りかかれます」

「報酬がいくらか聞かなくていいのか?」

レオナルドよ、信じてくれ、報酬の取り決めなど頭をかすめもしなかったのは、この時が初めてだった。この仕事の依頼は、あらゆる予想を超えるものだったんだ。これならタダでも彫ったことだろう。

完成まで二年ほど見込まれる仕事に、毎月六フィオリーニ金貨の給与を提案された。「ピエタ」で手にした報酬に比べると笑わせるような額だ。だが、ためらうことなく契約書にサインした。幸いなことに金には困っていなかった。なぜなら、この四年間の収入は、父が一〇年で稼いだ額をはるかに超えていたからだ。一緒に暮らすため、家族のためにもっと大きな家も借りていた。いつものように、お前の祖父は文句を言った。

「まったく、どういうことだ？　せっかく報酬を上げることができた今、こんなに少ない額で満足するのか？　これからどうやって暮らしていけばいいんだ？　あとには戻れないんだぞ！」

「バッボ、俺を信頼してくれ。仕事の中盤で報酬については再交渉してみるよ。誰もが驚くような彫像ができるだろうから、報酬アップを拒否することはできないよ」

「息子よ、お前は大した自信家だな！　好きなようにやれ。だが、覚えておけ、家族のための大きな計画があることを」

この言葉はいまだに耳の中で響いている。思わず、微笑みたくなる。

一つだけ、父は的を射たことを言った。わしが自信家だということだ。年老いた今なら断言できる、まさにこの自信こそが、誰にも果たせなかった仕事に立ち向かわせてくれたのだと。

この瞬間から二年は、わしとわしの巨人だけしか存在しない日々が続くことになった。わしがダヴィデで、大理石がゴリアテだ。戦いを始める準備はできていた。

何ヶ月ものあいだ、ほとんど眠らず、昼夜にわたって仕事をした。一五〇一年の夏、人生最大の彫刻に立ち向かっていた。最初から一対一でのつかみ合いの戦いだった。

まず、大槌で大理石の上部にアゴスティーノが作っていた節(ふし)を取り除いた。おそらく彼はそこから戦士の衣服を下ろすつもりだったのだろう、若き日のドナテッロが大聖堂の二階の回廊のために彫った大理石のダヴィデと同じように。今、それがどこにあるのかは知らないが、事業委員会が移動させたことは覚えている。下から見上げるにはあまりにも小さかったからだ。これこそが、ダヴィデをもう一つほしがった理由だ！

わしの英雄は、それまでのいかなる彫像とも異なるはずだった。自分が持つ人体の知識を頼りにすることができたからだ。サント・スピリト病院で解剖した時のノートを取り出し、それから、ローマやフィレンツェで古代彫刻を見て学んだバランスを再現するように努めた。若き英雄は力強さと優美さを放たなければならなかったが、この二つの特質を共存させるのは容易なことではなかった。足場のあちこちを飛び回りながら、大理石の塊の四つの側面を同時に彫っていった。石を打つリズムをなくさないよう、右手が労苦に耐えられなくなると、金槌を左手に持ちかえて大理石を刻んでいった。身震いするほど美しい純白の素材だった。

彫像全体を目で把握しないまま至近距離から彫るのは初めてだった。視力を消耗させながら細かい部分を見て、一つ一つ彫っていった。夜中も彫り続けられるような方法を思いついたのは、この仕事がきっかけだった。厚い紙を取って、それを頭の周りに円錐形に巻きつけ、ろうそくの灯りがその先端の穴から入るようにした。暗闇の中で、その灯りは金槌を使っている部分を照らしてくれた。

ダヴィデが肩にかけた石投げ器を左手でつかもうとしている姿を強調することに決めた。コントラポストの法則に従いながら、右脚をまっすぐ伸ばし、もう一方の脚は休ませた。

けれどもダヴィデの右手に取りかかった時、身体の側面に沿って伸ばしているその手を休ませはしなかった。いつでもすぐに動けるよう集中している様子を示すため、血管を膨らませ、筋を浮き上がらせた。指のあいだからはゴリアテに投げつけるつもりの石が見える。一見するとダヴィデは落ち着いている。だが、よく見ると激しい緊張の中にあるのに気づく。石を投げる直前の一瞬をとらえたのだが、それは彼の顔を見なければ分からない。左に頭を向けたダヴィデの首の筋肉はピンと張っており、これは遺体を解剖した時に見たことをそのまま反映させたものだった。この部分でミスをおかすと取り返しのつかないことになるため、細心の注意を払って大理石を打たなければならなかった。

完成前の作品を誰にも見られたくなかったから、作業現場の囲いを高くした。素晴らしいものにする自信はあったが、制作中の作品を見た者が意見したり批評したりするのに耐えられそうになかったんだ。彫刻は、ひと打ちひと打ちの積み重ねで形を作られ、最後に評価されるものだ。

ダヴィデは石投げ器で巨人ゴリアテに立ち向かい、わしはわしの巨人ダヴィデに穴あけ機で挑戦した。髪の毛をひと房ずつ彫り、思慮深く決然としたまなざしにするために瞳を注意深く彫った。ボローニャで彫った聖プロクルスの表情を役立てて、戦士の額に皺を寄せ、集中している様子を表わした。その部分から彼が何を感じているのかを知ることができるのだ。

この作品が遠くから見られるであろうことを気にもかけなかった。すべてが完璧に機能するはずだった。というのも、細部が目立つように右手と頭を少し大きくしていたからだ。下から見上げても気づかないだろう、いや、むしろ、観者の目は、本来あるべきバランスだと認識したに違いない。

レオナルドよ、要するに、わしは古典的な彫像を制作することに興味があったんだ。ポリュクレイトスの作品と競えるような裸体像だ。だが、戦士の感情を古代の模範的なバランスと穏やかさの下に隠すようなことはしたくなかった。

わしのダヴィデに見る者を慰める役割は必要なかった。わしはフィレンツェ人に、ダヴィデの偉業を共有し、彼の持つ怖れや、特に、不可能と思われるような行動を起こした勇気を感じてほしかったのだ。

思い返せば、アゴスティーノの粗彫りは他の彫刻家に仕事の続行をあきらめさせたが、わしには現実問題として筋肉の誇張をできないようにさせた。というのは、先のマエストロが石塊の厚みをかなり減少させており、彫像を作り上げるには腰の部分を少し曲げざるを得なかったからだ。背中の筋肉を膨らませる余裕すら残っていなかったが、それについては心配していなかった。その時点では、彫像は壁を背にして設置される予定だったからだ。

ピエル・ソデリーニが完成間近の彫像を見にきた日のことが、まるで昨日のようだ。

「ミケランジェロ、ずいぶん大きな鼻にしたものだな！」と、楽しげに言った。

考える間もなかった。わしは大理石の粉を一つかみ手にとると、彫像に近づき、ノミを打つふりをして手を開いた。

白い粉塵がひと吹き、宙に舞った。

「これでよくなりましたか？」と、行政長官に尋ねた。

彼が、わしの冗談につきあったのか、それとも本当に手を加えたと思ったのかは分からなかった。それがどうであれ、彼は満足げに「ダヴィデ」を見ると、その場を立ち去った。

数日後、それは一五〇四年の一月だったが、ソデリーニが「ダヴィデ」の設置場所を決めるためにかなりの数の芸術家たちを招集したことを知った。彫像の仕上がりが予想をはるかに超えたよい出来だったため、大聖堂内に置くのをあきらめるようドゥオーモ事業委員会を説得したようだった。ソデリーニは、フィレンツェ市民や特に外国人の目に触れる、もっと威信ある場所がふさわしいと考えていた。

自分でも知らないうちに、わしは、まさに昔から夢見ていたフィレンツェ市民の新たな記念碑を作り上げていたのだ。

シニョリーア宮殿にフィレンツェの錚々（そうそう）たるマエストロたちが集まった。わしの作品について話し合うため、偉大な知識人からなる評議委員会が開かれるなど、信じられない思いだった。サヴォナローラの影響による精神的危機から脱したサンドロ・ボッティチェッリ、フィレンツェ中の人々から敬愛されているレオナルド・ダ・ヴィンチ、その当時のイタリアで最も人気のあった画家ピエトロ・ペルジーノ、それから、わしのマエストロの弟ダヴィデ・ギルランダイオ、システィーナ礼拝堂にフレスコ画を描いたことで知られるコジモ・ロッセッリ。彼らに加えて、その他大勢の画家や彫刻家や建築家、ピエロ・ディ・コジモ、フィリッピーノ・リッピ、ロレンツォ・ディ・クレディ、アンドレア・デッラ・ロッビア、アントニオとジュリアーノ・ダ・サンガッロ兄弟、シモーネ・デル・ポッライオーロ、アンドレア・サンソヴィーノなどがやってきた。幸運にも友人フランチェスコ・グラナッチもその中にいて、議論の内容を全部教えてくれた。

共和国政府の評議委員長フィラレーテはすぐに二つの案を提示した。政庁舎シニョリーア宮殿の中庭の中央にダヴィデのブロンズ像の代わりに置くか、もしくはシニョリーア広場にユディットとホロフェルネスの像の代わりに置くかだ。いずれの彫刻もドナテッロの作品だった。フィレンツェはわしを彼の後継者と見なしたのだ。

あの、意地の悪いレオナルド・ダ・ヴィンチは、三つ目の案を提案した。「ランツィのロッジャに置くのはどうだろう？　そうすれば、悪天候から守ることができる」残念ながら、奴の本当の意図は、作品を保護するという口実で、ロッジャの他の彫刻の中でダヴィデを目立たなくするためだった！　わしを貶めようとしたことを絶対に許せなかった。だから最初の機会に仕返しをした。

ある晩、帰宅する途中、サンタ・トリニタ界隈でダ・ヴィンチが若者たちと喋っているのを遠くから見かけた。足を速めて、気づかれないように下を向いたが、無駄だった。

「ミケランジェロ殿、この若者たちがダンテの『神曲』の一節について助言を求めているのだが……」と大声をあげて、いらいらさせるような図々しい微笑みでわしを見つめた。「君の方がわたしよりずっと上手に解釈できると思うのだよ！」

挑発するような口調だと感じた。恥をかかせたかったのだ。みなの前でわしを侮辱したかったのだ。

「あなたが解釈したらどうですか。ミラノでブロンズ像制作のため馬の設計をしながら、鋳造することができず、恥ずかしさのあまりに投げ出したあなたが」と、心に抱えていた恨みとともに叫んだ。「あの頭でっかちのミラノ人から何を期待していたのですか?」

ちょうどダ・ヴィンチがフィレンツェで偉大なマエストロとして称賛されていた時に、敢えて奴の失敗を突きつけた。ダ・ヴィンチはミラノでルドヴィーコ・イル・モーロのための巨大な騎馬像を鋳造することができなかった。実際にはすべてが奴のせいではなかった。ミラノ公が作品用のブロンズを売ってしまったからだったが、わしは奴を侮辱したかった。ダヴィデを貶めようとしたことに恨みを抱いていたことを知ってもらうために。

幸いにも、ダヴィデ評議委員会はダ・ヴィンチの意見を通さず、シニョリーア宮殿の前に置くのがふさわしいという結論を出した。

わしの彫像がドナテッロ作品の横ですべての人が見ることができる場所に並ぶのだ! 心から誇りに思った。しかも、それは、依頼者一人ではなく、共和国政府が著名な芸術家たちの同意のもとで決定したことだった。芸術家たちはダ・ヴィンチのように嫉妬心のまま動いて屈辱を与えることもできたのに、「ダヴィデ」をフィレンツェの新たなシンボルにすることを選んだのだ。誇り高く勇敢で、外国軍の侵攻の脅威に常に用心しているフィレンツェ市民の肖像だ。その頃のフィレンツェは信頼できる同盟国を持たなかったため、攻撃されやすい状態にあった。この彫刻は、共和国は誰をも怖れず、ゴリアテのような強大な敵でさえ恐くないことを示すことになったのだ。

ピエル・ソデリーニはサンガッロ兄弟にドゥオーモからシニョリーア広場まで彫像を無事に運ぶことのできる装置の設計を託した。彼らは彫像の周りを木製の構造物で囲み、縄を使って持ち上げようと考えた。この方法で運搬中の振動や起こりうる衝撃を軽減できるはずだった。

こんな短い距離を横切らせるのに四日もかかった。昼間、大勢の市民が見守る中で彫像は動いた。まさにこの時にフィレンツェ人はこの作品に愛着を抱いたのだ。

しかし、誰もが同じように考えたわけではなかった。ある夜、若者の集団が彫像への投石を企てた。幸いにも警備隊がやって来て、馬鹿者どもは「ダヴィデ」を傷つけることなく、急いで逃げていった。彼らはメディチ支持者で、メディチ家のフィレンツェ復帰をたくらんでいたことが分かった。共和国政府は彼らを探し出すことに成功し、逮捕した。この卑劣な行為がもたらした唯一の成果は、フィレンツェ人の彫像への愛着を増大させたことだった。

レオナルド、お前にも見てほしかったよ、「ダヴィデ」が台の上に設置される瞬間を。静寂に包まれていた。

それからしばらくは「ダヴィデ」を傷つけようとする者はいなかった。左腕に見える損傷は、もっとずっと先の事故によるものだ。メディチ家が復興したあとも彫像はそこにとどまり続けたが、共和派の反乱の際にヴェッキオ宮殿の窓からたくさんの長椅子が投げ落とされた。その一つが「ダヴィデ」の腕を砕き、かけらは数日間、地面に落ちたままだった。誰も触れようとはしなかった。最初に行動を起こしたのはジョルジョ・ヴァザーリだった。彼はかけらを拾うとメディチ家のコジモ一世に渡し、大公は腕を再建するように命じた。

その時、わしには分かったのだ、「ダヴィデ」は政治的シンボルだけでなく、フィレンツェのアイデンティティを体現しているということを。「ダヴィデ」の中に、共和国や大公国、将軍や支配者を見ることはできない。もはやフィレンツェの肖像ではなく、フィレンツェそのものであり、欠けてはならない身体の一部となったのだ。

11

わしはそれまでに託された仕事で最も重要な作品を完成させただけでなく、その時点で最も高額な報酬さえも得た。最初の契約で合意していた金額に四〇〇フィオリーニ金貨を上乗せさせることができたのだ。名声は上がるいっぽうで、とどまるところを知らなかった。

実を言うと、「ダヴィデ」がある程度まで出来上がった時、他の彫刻、特にそれが好条件で大きなものでない限りは注文を受けようと考えていた。自分に限界はないと感じていたんだ。そこで、助手の助けを借りて制作できるような作品の契約をするようになった。それまで工房を持つのを避けてきたのは、満足のいく成果を保証できるのは自分一人だけだと確信していたからだったが、注文の増加で助手を雇わざるを得なくなった。

まず雇ったのは、ブロンズ製の小さなダヴィデ像を鋳造するために欠かせなかった助手たちだった。その依頼は、フィレンツェの防衛組織を管理する共和国司法府の十人委員会を通してやってきたものだった。記憶に間違いがなければ、ピエール・ド・ロアンというフランス軍元帥のための彫像だったが、元帥が実際に望んでいたのはドナテッロのダヴィデ像の模刻だった。新たな傑作を制作中だったわしが模刻？　司法府は提案する前によく考えたのだろう、好きに彫っていいと言った。

お前にこれまで話したことから分かるように、わしに鋳造の経験はまったくなかったが、それでもやってみることにした。裸体の若者がゴリアテの頭に足を置いた、力強く優美なものを造った。四〇フィオリーニ金貨の報酬を得ると、仕上げの段階で仕事を続けるのを断わった。自分で構想し、蠟で型を作って鋳造したが、自分の手では磨きたくなかった。巨人（大理石のダヴィデ像のこと）のことで頭がいっぱいだったんだ。

わしはいったん何かを決めると考えを変えることができない質（たち）だ。当局がくれた報酬は鋳造までの代金でしかなく、そこから先は彼らの問題のはずだった。妥協策を見つけるまで長い年月がかかったが、結局その作品は他の彫刻家が完成させて、フランスへ運ばれた。その後の行方はまったく分からない。

まだ完成もしていなかった「ダヴィデ」の評判が流布していたが、それだけではなく、「ピエタ」の名声もヨーロッパ中に伝え広まっていたことを、わしはまもなく知ることになった。足場の上で大理石に鉄槌（てっつい）を振りかざしていた時、ローマから便りがあった。「ピエタ」で一緒に仕事をした銀行家ヤコポ・ガッリが外国から別の注文を受けたことを知らせてきたのだ。ブルージュの商人たちが、町の重要な教会の礼拝堂を飾るため、わしの彫刻をほしがっているという。その頃は「ダヴィデ」にかかりきりの状態だった。よほどの利益にならない限り、気の散るようなことはしたくなかった。わしは莫大な報酬を要求した。四〇〇〇フィオリーニ金貨だ。実に驚いたことに、先方のムスクロン一族は狼狽することなく、その法外な要求を受け入れた。彼らは、ローマの聖母(ピエタの聖母)に完全に心を奪われていたのだ。

助手を椅子の上に座らせ、両脚のあいだに男の子を抱かせてポーズをとらせた。その子はじっとしていなかった。わしは怒る代わりに、その拗ねた表情やだっこから逃れようともがく手をとらえて、通常とは異なる幼子イエスを彫った。幼子は母親の脚からほとんど抜け出して地面に降りるためどこに足を置こうかと下を向いている、モデルを使うことは、聖母子の関係性を定め、聖母の衣服の衣文を作る上では有益だったが、聖母の顔はピエタで彫ったものにした。聖母は幼子に愛情を示すというよりは、むしろ自分の息子が直面しなければならない運命を思い、悲しみに沈んでいる。彼女の目には、息子を犠牲にした人間に対する非難のまなざしが浮かんでいる。彼女ブルージュの聖母は、今なお、わしが彫った中で最も厳しく近寄りがたい聖母のままでいる。彼女は目の前に立つ者と対話することを拒否しているのだ。

短期間で仕上げると、目的地まで運ぶ船の準備ができるまで工房の中に隠した。多くの注文を断っていたから、法外な報酬が理由でこれを彫ったことを知られたくなかったんだ。何よりも報酬額が噂になるのを避けたかった。嫉妬や中傷を遠ざけるには自分の仕事についてできるだけ喋らないほうがいいことを、過去の経験から学んでいた。それに、これが異例のケースとなることは確かだった。フィレンツェでこんな金額を要求しようなんて思うはずがなかったからだ。

同じ時期に、とても骨の折れる仕事の契約を延期しようと努めた。そして、あまりにも先に延ばしたため、しまいには契約を果たすことができなくなってしまった。羊毛組合の理事たちは大聖堂の管理と装飾にも従事しており、わしに等身大より大きな一二人の使徒の彫像を依頼していた。彼らは大聖堂内部のブルネレスキ設計のドームの基部にそれらを置こうと考えていた。三年で五〇〇ドゥカーティ金貨の報酬を提示され、他の仕事は請け負わないという条件だった。食指が動く金額だったが、理事たちには「ダヴィデ」を完成させたあとで取りかかるということを伝えてあった。だが、しばしば起こるように遅延が生じ、その仕事を始めたのはかなりあとになってからだった。フィレンツェに到着した石塊の一つにどうにか粗彫りすることができた。それは、それとなくほのめかしただけの聖マタイで、奇妙な体勢をしていた。思い出すと、今でも笑いがこみあげてくる。ただし、この彫像には、ますます激しくなっていくわしと大理石との関係から生じた一連の新たな概念が加わっていた。この聖人は石塊の中の長い眠りから目覚めているかのようだ。石の中で頭と脚を曲げていた彼は、今にも両腕と両足を伸ばしてまっすぐに立ち、外へ出ようとするかのような錯覚を起こさせる。そこにはいかなる均衡もない。

ダヴィデを制作している時に従わなければならなかった整然とした表現形式に、わしは窮屈さを感じるようになっていた。古典古代以来の傑作を作り上げたという賛辞を受けたばかりだったが、調和の限界まで新奇な道を探りたいという欲望に駆られていた。

＊

「ダヴィデ」を制作していた頃、わしを含めたすべてのフィレンツェの芸術家たちの心をかき乱すような出来事が起こった。

すでに大まかに話したように、その少し前にレオナルド・ダ・ヴィンチがフィレンツェに戻り、アヌンツィアータ修道院の一角に工房を構えていた。息子のように扱っていた弟子たちに囲まれて修道士のような生活をしていた。

ある日、ダヴィデの頭髪を仕上げるのに忙しくしていた時、弟のブオナッロートが現場に入ってきた。

「ミケランジェロ、降りてこい！」

「どうしたんだ？」ギョッとした。バッボの身に何か起きたのかと思ったんだ。

「大丈夫、家族にかかわることじゃないよ。だけど、すぐに僕と一緒に来てくれ。見なきゃいけないものがあるんだ」

「今、この時にか？」と、いらいらして答えた。「デリケートな仕事をしているのが分からないのか？」

「兄さん、僕を信用してくれ」

弟は、粉塵まみれの身体を洗う余裕さえくれなかった。わしの手をとり、アヌンツィアータ修道院まで引っ張っていった。そこには修道院の中に入るのを待つ人たちで長い行列ができていた。あらゆる階層の老若男女や家族連れが、まるで荘厳な式典で聖人の彫像に触れる順番を待つかのようにきちんと並んでいた。

「こんなに大勢の人たちがここで何をしてるんだい？　何を待ってるんだ？　今日は祭日ではないはずだが」何かしらダ・ヴィンチに関連することではないかという疑惑が次第に強くなっていった。

「みな、ダ・ヴィンチの仕事場に入りたいんだよ」ブオナッロートが明かした。「言葉にできないほど素晴らしい図案のカルトン（原寸大下絵）を展示しているらしいよ。これまでに誰も見たこともないようなものだって。兄さんも見に行かなきゃ」

怒りの衝動が湧き起こった。今まさにわしがフィレンツェで最も愛される彫刻家になろうとしている時に、レオナルド・ダ・ヴィンチは見せ場を奪ったのだ。

頭巾をかぶって顔を隠し、目立たないように他の者たちに混ざって列に並んだ。その下絵にどんな素晴らしいところがあったというのだろう？

ようやく工房の中に入った時、ダ・ヴィンチがピエル・ソデリーニと数人の修道士たちと話しているのが見えた。幸い、誰もわしの存在に気づかなかった。

愛する甥よ、お前は想像もできないだろう、あのカルトンを前にした時にわしがどれだけ驚愕したかを。ダ・ヴィンチ作品の美を疑ったことは間違いだった。聖アンナは膝の上にマリアを乗せ、マリアは幼児聖ヨハネに祝福を与える幼子イエスを自分から離れないように押さえていた。

これほどまで優美で甘く、同時に、まるで生きているかのような表現をこれまで見たことがなかった。まったく新しい人物像だった。日常の風景を切りとり、際立った叡智とバランスで紙葉の上に再現していた。わずかな白鉛粉の筆触と打ち抜き線に木炭をふりかけただけで、ダ・ヴィンチは絵の中の人物たちを立体的に描き、命を与えることに成功していた。軽快だが安定感があり優雅、それなのに血が通っていた。

そわそわした気持ちで自分の彫刻へ戻ると、集中力を取り戻すよう精一杯努力した。次の機会には自分も試してみたい、そう思った。わしにもあんな風にありのままの姿を生み出すことができるだろうか？

好機は、ほどなくやって来た。

ほぼ同時期に、メディチ家に敵対するフィレンツェ貴族のバルトロメオ・ピッティと、若く意欲的な美術蒐集家タッデオ・タッデイが、それぞれの屋敷に飾るトンド（円形浮き彫り）を注文してきたのだ。両者とも聖母子と幼児聖ヨハネが主題だった。そうして、ダ・ヴィンチの生き生きとした人物像に挑戦しようと、あの場面を自分流に変化させて楽しんだ。

ピッティの浮き彫り彫刻では、幼子が聖母の広げた本の上にもたれて悪ふざけしている。聖なる預言の書どころではない！　わしは、イエスを本物の子ども、母親の隙を突いて勝手なことをするわんぱくな子のように見せたかったのだ。

いっぽうタッデイのほうは、イエスと又従兄のヨハネの関係を中心に置いた。幼児聖ヨハネは受難を予示するコマドリをイエスに差し出しているが、イエスはそれから逃れようと、母マリアの腕の中に飛び込んでいる。十字架の上で死ぬという運命を何一つ聞きたくないのだ。

昔、「ケンタウロスの戦い」の背景で行なったように、人物像の一部を粗彫りのまま残すことにした。いい作品に仕上がったように思えた。ダ・ヴィンチへの個人的挑戦は始まったばかりだった。

タッデオ・タッデイは三五歳くらいの教養ある気さくな男だった。毛織物の交易で財を成し、当時のフィレンツェで最も優雅で当世風の屋敷が次々に建っていたサン・ロレンツォ地区に見事な大邸宅を築いていた。タッデオは金持ちであるだけでなく、絵画や彫刻に並々ならぬ情熱を持っていた。トンドの代金を受け取りに行った時、そこでフィレンツェに来たばかりのラファエッロ・サンティに会った。まだずいぶんと若く、世間には知られていなかった。上品な微笑み、出会う者の誰もが好きにならずにはいられないような立ち振る舞いに、わしも好感を持ったことを覚えている。二〇歳を過ぎたくらいに違いなかったが、人を褒めたり機嫌をとったりするのが実にうまく、すでに多くの人の信頼を手に入れていた。

「ブオナッローティ殿、なんという光栄でしょう!」と、軽くお辞儀をして挨拶に来た。「ダヴィデを見るのが待ち遠しく思います。ペイディアス以来、他の誰にも制作できなかった最も美しい彫刻だと聞いております」

実に上品で、若く、天真爛漫な容姿だったため、その言葉にほろりとした。あのとんでもない奴は、猫をかぶるのがうまかっただけだ! わずか数年後に、わしはローマで痛い目に遭って奴の本性を知ったのだ。絵筆だけでなく言葉の天才でもあった。魂よ、安らかに眠れ。

タッデイはラファエッロを客として自宅に泊め友人たちに紹介し、彼らは肖像画の注文を始めていた。その中の一人、アニョーロ・ドーニはわしにも注文してきた。タッデイとドーニのあいだには、ある種の健全な競争があった。タッデイが評価した画家と彫刻家は、ほとんどいつもドーニからも注文を受けることになり、また、その逆の場合もあった。

ドーニは、芸術の庇護者としても有名なフィレンツェ貴族の若き淑女、マッダレーナ・ストロッツィと結婚することになっていた。ドーニは新しい屋敷を飾るための芸術品に著しい金を注ぎ込んでいたが、それはおそらく新たに親族となるストロッツィ家と同じだけの財力があることを示したかったからだろう。わしに注文したのは、彼の友人タッデイのために彫ったようなトンドだった。だが、大理石ではなかった。聖家族を描いた板絵をほしがっていた。

わしはこの仕事を、ダ・ヴィンチへのもう一つのメッセージとして利用した。マリアとヨゼフと幼子イエスの姿を、まさに奴がカルトンで見せたような三角形に配置したのだ。だが、単純に彼らのポーズを幾何学的構図の中に収めることには満足できなかった。前景で膝を曲げて座る聖母が背後のヨゼフから幼子を受けようと上半身と両腕をよじる動きを作り、母、父、子で構成された三角形を理想的なピラミッド型に変えたのだ。彼女は読むのをやめた本を膝の上に置いたばかりで、身をよじって幼子を受けようとし、幼子は落ちないように母親の髪をギュッとつかんでいる。聖母が身体をひねることで螺旋状の動きを作るのがはっきりと分かる。

わが甥よ、お前にはこの説明が難し過ぎるか？　こんなややこしい計算と奇抜な創造をした上で、どうやって自然な身ぶりを保ちながら日常の場面を作れるのかと不思議に思うだろう。だが、ダ・ヴィンチが投げかけた挑戦はまさにこれだったのだ。幾何学的構図に忠実でありながらも、すべてが自然の振る舞いに見えなければならなかった。ダ・ヴィンチのカルトンを見ようと行列を作った奴らは、目で美を愛でるという思い違いをしていたが、その絵の中に、本当はどんな錯覚があるのか、どんな秘密や謎が隠れているのか、まったく理解してはいなかったのだ。

わしは自分の作品を見る者の頭を混乱させることに興味を持ったことはなかった。常に自分のすることにまっすぐ進んでいた。しかし、あのトンドでは、思い切って未知の領域に乗り出してみた。幼児聖ヨハネを聖家族から離したのだ。この子は普通ならいつもイエスと遊んでいるが、ここでは低い塀の向こう側、地面に開いた溝の中に置いた。そのうしろには岩の張り出しがあって、その上に座ったり寄りかかったりする数人の裸体像を描いた。裸体像は、ロレンツォ・イル・ポポラーノの屋敷にあったルカ・シニョレッリの絵で見たことがあり、彼らの存在にわしは関心を持っていた。シニョレッリが廃墟のそばに裸体像を描いたのは、明らかにイエスの到来が異教文化の夢に終焉をもたらしたことを示すためだった。ウェルギリウスの牧歌的な自然の中にある裸体像は古代彫刻のように美しかった。

わしの裸体像も同じ言葉を喋っていた。筋骨たくましい身体と彫像のようなポーズだ。だが、彼らの素性、たとえば牧人や古代詩歌の中の登場人物だと特定できるような要素は、すべて排除した。彼らは純真無垢で無邪気、晴れ晴れとしており、キリストの生誕による新時代の到来に気づいていない。象徴的な存在だが、両義的でその役割ははっきりしない。

宗教に絡んだ哲学の領域へ進んだのは初めてのことだった。将来この領域が身近なものになることを、その時はまだ知る由もなかった。

残念ながら、依頼人はこの実験的作品を気に入らなかった。彼には理解することができなかったのだ。レオナルドよ、お前は信じないだろうが、この絵をアニョーロ・ドーニへ送った時、奴は、最初に取り決めていた報酬の約半分、六〇ではなく四〇ドゥカーティ金貨しか払おうとしなかった。あ奴は業者といつもやっているように、わしとも取り引きできると考えたんだ。

激怒した。金には一銭も手をつけず、絵を取り戻した。

数日後、奴は六〇ドゥカーティを持って工房にやって来た。だが、わしの怒りはまだ収まっていなかった。「この時点で、もし、まだあの絵がほしいなら、一四〇ドゥカーティを要求する」ノミを手にしたまま決然と言った。

「でも、それはおかしいじゃないか！」と、奴は叫んだ。「不誠実だ！　こんな条件じゃなかったはずだ」奴はわしをじっと見つめた。先の尖った鼻、痩せた身体、黒い帽子からふさふさした髪をのぞかせていた奴の顔は、リュートの弦のように張りつめていた。あまりにも動揺して震えていたため、手に握りしめていた小袋の中の金貨がチリンチリンと鳴ってしまったほどだった。

何も答えなかった。足場に登り、再びダヴィデの仕事に取りかかった。その日の残りは大理石に集中し、周りで起きていることには注意を払わなかった。夕方、絵がないのに気づいた。絵のあった机の上には一四〇ドゥカーティ金貨が置いてあった。

わがレオナルドよ、なんという勝利だったただろう！

あいにく、運命はもう、依頼人に対して圧倒的に強い立場でいられる機会を与えてはくれなかった。ドーニとタッデイのあと、貿易商との仕事は終わり、代わって公国の君主や枢機卿、ローマ教皇とのつきあいをするようになったからだ。ああ、教皇たち！　遭遇しうる最も難儀な依頼人だ。

もう少しお前が辛抱してくれるなら、彼らのように一切の話し合いや取り決めなしではしいものをすべて手に入れることに慣れている者たちと仕事をするのがいかに骨の折れることかを話してあげよう。確かに、教皇たちとの仕事を望まぬ者などいないだろう、わしは彼らの要求を拒否する寸前まで行ったがね。彼らこそ、仕事を投げ出したくなるような気持ちを起こさせた張本人だった！

ユリウス二世は本当にひどかった。わしの彫刻への情熱をからかっているのではないかと、何度も考えた。この教皇の仕事をするために、細部に至るまで検討した公的作品の制作を断念せねばならなかったというのに……。

聞いてくれ、どんな風だったのかを。

ダヴィデの設置が終わってからすぐ、ピエル・ソデリーニが実に魅力的な申し出をしてきた。

「ミケランジェロ、君も知っての通り、レオナルド・ダ・ヴィンチはシニョリーア宮殿の大会議室の壁に描く絵の準備をしている」と、口上を述べた。

ダ・ヴィンチは仕事場を公開したあと、工房をサンタ・マリア・ノヴェッラ修道院へ移し、そこにある大広間で「アンギアーリの戦い」の構想を練っていた。フィレンツェではこの大事業について多くの噂が流れていたが、誰にもそれを見る術がなかった。ダ・ヴィンチは、自分の仕事の周りに謎めいた雰囲気を作り上げるのに長けていた。

「共和国政府は君にダ・ヴィンチの正面の壁のフレスコ画を任せたいと考えている」と、行政長官は続けた。「フィレンツェ人が英雄となった、もう一つのエピソード、我々の軍隊がピサ軍を大敗させた一三六四年のカッシーナの戦いの絵だ。それを君に描いてほしい」

再び、戦いの場面だ。ロレンツォ・イル・マニフィコのために「ケンタウロスの戦い」を彫ってから一〇年以上が過ぎていた。肉体と筋肉と腱の絡まり。人間の身体がいかに美しく変化に富み豊かであるかを示す、またとない好機だ。その上、最大のライバルのすぐそばで、直接対決をすることにもなる。

愛する甥よ、今ではお前もわしという人間を少しは分かっただろうから、この時の思いを想像できるだろう。ソデリーニの提案はわしの中で燃えていた情熱の焔に火をつけた。数日のうちに図案を仕上げて、提示した。

「実に見事だ。だが、戦闘の場面はどこにある?」と、ソデリーニが当惑した様子で尋ねた。

白状しよう。わしは再び、自分のやり方で主題を取り扱った。敵同士がぶつかり合う戦闘の場面を表現しなかったんだ。そうすれば、ダ・ヴィンチと同じ土俵で比較されるのを避けられる。奴の工房から漏れてくるわずかな情報によると、あの壁画のために激烈な戦闘の場面を念入りに創っているらしい。だからこそ、主題を別の焦点に移したんだ。カッシーナの戦いの記録を読んでいたら、戦いの直前に起こった出来事に目が止まった。あまり知られていない副次的なエピソードだが、わしの目的には完璧な題材のように思えた。

歴史家フィリッポ・ヴィッラーニの『年代記』によると、フィレンツェ軍はピサを攻略する前に、町の城門近くに野営していたようだ。とても暑い日で表向きは状況が落ち着いたように見えたから、兵士たちはアルノ川の水に浸かって涼をとろうと決めた。見張り役のドナート・マンニを除く全員だ。突然、マンニは遠くから聞こえる馬の走る音に気づいた。ピサ軍がフィレンツェ軍の不意をついて、奇襲攻撃をかけてきたのだ。もしマンニが危険が迫っていることを即座に兵士たちに知らせなかったなら、おそらくフィレンツェ軍は全滅していたことだろう。兵士たちは川から飛び出し、稲妻のようなスピードで衣服を着けた。彼らの素早さと冷静さが、あの戦いに勝利をもたらしたのだ。

これだ、わしが描いたのは、まさに、勇者たちがドナート・マンニの非常呼集を聞く瞬間だった。軍を率いるガレオット・マラテスタ将軍が見える。彼は頭に兜（かぶと）用のターバンを巻きつけているところで、不機嫌そうな顔をしている。というのも、ヴィッラーニの伝えるところによると、彼はその日、非常に体調が悪かったそうだ。それから甲冑（かっちゅう）を身につけて盾をにぎる唯一の人物、マンニがいる。その頭の上には、兜を飾るドラゴンがまるで突然の恐怖で生き返ったかのように息づいている。水面からは二つの手が浮上し、兵士が川から上がろうとしているのが分かる。他の男たちは衣服を着けるのに慌てふためいているが、ここで特に重要だったのは、さまざまなポーズをした完璧な肉体を作り上げることだった。彼らは各々が行なう動作によって筋肉を膨らませ、風変わりな体勢をとり、異様に顔を引きつらせている。前景の川岸には、頭に日除け用のツタの葉を載せた年配の兵士を置いた。彼は長靴下を履いているところだが、身体がまだ濡れているためなかなかうまくいかない。それで、うんざりして口を歪めている。

戦いの劇的場面を再現することに興味はなかった。多様なポーズと人体表現で裸体の詳細を正確に描きたかった。

ダ・ヴィンチと同じように、わしもまた、共和国政府が用意したサントノフリオ聖堂付属ティントーリ病院の一室でひそかに仕事をした。人物像を壁に描く大きさまで拡大し、カルトンの完成に至った。しかし、それ以上は先に進めなかった。まさにシニョリーア宮殿に移動して描こうかという時、ローマ教皇ユリウス二世から招聘されたのだ。断ることのできない招きだった。わしにゆだねたい壮大な事業があり、直ちにローマへ来るよう求められた。絶対的な命令に従うという義務感以上に、彫刻の仕事に戻れる可能性に魅了された。彫刻はいつでもわしの情熱だったのだ。

運命の皮肉でダ・ヴィンチもまた戦いの絵を完成させられなかったことをあとで知った。わしはあの仕事から引き離され、奴は壁に描いている際に重大な間違いを犯して仕事を続けることを断念した。ダ・ヴィンチは蜜蠟（みつろう）を使って色を壁に定着させようとしていたが、乾かす段階で蜜蠟が取り返しのつかないほど溶けてしまい、その結果、色がごた混ぜとなり、その部分がほとんど識別できなくなってしまったのだ。

長い年月を経て思う。あの時、フィレンツェは、二つの偉大な作品を得る機会を失ってしまったのだ。もし、わしがカルトンの保管に注意していたなら、数年のうちに破棄されることもなく、遅かれ早かれフレスコ画に着手したかもしれない。しかし、わしは彫刻の呼び声について行かなければならず、教皇の命令に従わなければならなかった。苦難の道は始まったばかりだった。

12

ユリウス二世の望みは、彼自身の墓廟をわしに彫らせることだった。

旅費として必要な額を大きく上回る一〇〇ドゥカーティと最初の経費として六〇ドゥカーティを持たせた使者を送ってきた。ローマに着くや否や、わしは急いでバルドゥッチ銀行へ入金した。愛する甥よ、こうして、わが人生で度々形容してきた「墓廟の悲劇」が始まったのだ。これまで注文を受けた中で最も壮大な彫刻だったが、同時に最も激しい失望を伴うものだった。この仕事は、四〇年もの歳月を課し、もともと気難しく疑り深かったわしの性格をよりいっそう悪化させた。

すべては、予期せぬユリウス二世の召喚で始まった。教皇は「ピエタ」に心を奪われており、その上、当時ローマで貴族や枢機卿の建築家として仕事をしていた友人のジュリアーノ・ダ・サンガッロの賛辞も加わり、決断したのだった。ローヴェレ家出身の教皇はわしの才能にたいそう惚れ込んでいたから、ローマ到着後、確か一五〇五年二月末だったと記憶しているが、それから数日のうちに墓廟制作についての合意に至ったほどだった。教皇の偉業と芸術に対する愛を永遠に称える墓だ。だが、伝統的に教会で見られるような壁面に造り上げるものではなかった。それは、一〇体もの等身大以上の大理石の彫像で飾られた、周囲を廻れる壮大な建造物だった。一万ドゥカーティほどの費用がかかる仕事で、完成までに少なくとも一〇年は要することが見込まれていた。

あらゆる想像を超える構想だったが、実現の可能性を疑うことはなかった。二年前にわずか一日のコンクラヴェ（教皇選出枢機卿会議）で教皇に選出された時から、ユリウス二世は野心的な大事業を成就させる能力を示していた。短期間でどんな風にローマ全体を整備したかを見れば、一目瞭然だった。ローマに着いてすぐにわしは気づいていた。リペッタ通りは舗装され、廃墟は取り壊され、そこに教会や宮殿が建造されようとしていた。テヴェレ川沿いには新しい道、古代ローマ以来誰も成し遂げることのなかった幅広のまっすぐな道路を造っていた。裁判所の建造も視野にあり、すでに土台も築かれていた。

ユリウス二世は恐るべき性格で、拒否されるのを絶対に受け入れず、障害に直面しても決してあきらめなかった。最も評価できたのは、まさにその明快で実行力のある気質だった。この教皇となるいい仕事ができると確信した。考えを変えることはないと思ったからだ。教皇は、常に明確にものを言う率直な男だったのだ。

しかし、それは思い違いだった。

まもなく、教皇の精力的な行動が深刻な鬱状態やむら気を起こす時期に一致していることに、身をもって気づいた。耐えがたいほど衝動的な人間だった。

教皇の記念墓廟計画を聞いたあと、あとにも先にもこれほど明確な考えを持った依頼人はいなかったが、わしはサンガッロと一緒にサン・ピエトロ大聖堂の現場検証に出向いた。過去の教皇たちのように、ユリウス二世もまたそこへの埋葬を望んでいた。

大聖堂は嘆かわしい状態にあった。一二〇〇年前にコンスタンティヌス帝が建立した建造物はかろうじて立っていた。数世紀にわたって火事や異民族の侵略が続いたあと、世界で最も重要な教会はもはや廃墟と化し、それを整備するために一四五〇年頃、教皇ニコラウス五世が工事を開始した。そのあと、パウルス二世も修復工事を始めたが、あらゆる試みが投げ出された。教皇たちの早世と急激な教皇庁の財政悪化により、事業はことごとく中断されてしまったのだ。

「僕もサン・ピエトロ大聖堂の改修工事にかかわっていたんだよ」と、ジュリアーノ・ダ・サンガッロが失意に沈んだ様子で漏らした。「だけど、何も進展しなかった。今度の教皇はまたやろうとするだろうか。ユリウス二世なら、こんなややこしい事業にも取り組める気がするし、壮大な聖堂の再建に必要な費用を集めることができると思うんだが」

中庭を横切る時に感じた、荒廃し見捨てられたような印象を言葉にするのは難しい。中庭の中央にはコンスタンティヌス帝がアグリッパの浴場から運んできたブロンズ製の松ぼっくりの古代彫刻がいまだ立っていたが、先端からもはや水は流れ出ておらず、茶色い水垢で覆われ、何世紀にもわたる無関心を示していた。

五廊式の大聖堂内部を横切ると、主祭壇のうしろに、新たな聖歌隊席を作るためにベルナルド・ロッセッリーノが建てた壁の名残が見えた。完了しなかった多くの計画の一つだ。

「ジュリアーノ、教皇の墓をここに置くというのはどうだろう？」と提案してみた。「そうすれば、聖ペテロの墓のそばに葬られることになり、聖堂内のどこからでも目に入る」

「いいアイデアだとは思うが、十分なスペースがないように思えるな。ユリウス二世は巨大な記念墓廟を望んでいるんだ」と、サンガッロが建築家の視点から答えた。

「教皇が墓を聖堂の大きさに合わせようとは思わないだろう。むしろ逆だ！　聖堂を広げて、もっと大きなものにするよう提案しよう」と、わしは笑みを浮かべながら話を終えた。

サンガッロは身震いしたが、その目は輝いていた。計画を進めることに乗り気のようだった。彼が納得したのなら、今すぐ教皇を説得するべきだった。

愛するレオナルドよ、お前も想像できるように、ユリウス二世はすぐにこの案が気に入った。

「ミケランジェロ、今すぐカッラーラへ発て。大理石の代金、一〇〇〇ドゥカーティをどこへ払い込めばいいか言ってくれ。一日たりとも無駄にはしたくない」決然と命じた。

翌日の朝、出発した。時間を無駄にしないためフィレンツェにも立ち寄らなかった。「ピエタ」

の石塊の時に世話してくれた石切り工たちのところへ戻ったが、今回の作業はより困難の伴うことが予想された。教皇との取り決めで、墓廟の土台にはブロンズの長い板をつけ、そこに彼が成し遂げた政治、軍事、宗教的偉業を記すことになっていた。いっぽう墓廟は四〇もの大理石の彫像で飾られ、一部は壁龕の中に収め、別の一部は付け柱を背にして置き、他は座った状態で設置することになっていた。頂点には二人の天使に支えられた教皇の肖像彫刻がそびえる予定で、天使の一人は涙を流して教皇の現世の死を悲しみ、もう一人の天使は笑って教皇の天国への到来を喜ぶというものだ。どの彫像にも明確な役割と意味があった。わしに残された時間があるなら、お前に話してあげよう。

　前回はたった一つの大理石の塊を選ぶのに一週間を要したが、今回はカッラーラにもっと長くとどまらなければならなかった。八ヶ月間、五月から一二月まで滞在した。石切り工たちと簡易ベッドに眠り、彼らとともに食べ、日中は山で石切り作業に立ち会い、大理石を見極める能力を磨いた。わしは、石の表面を見ただけでその中に醜い筋模様が隠れているかどうかを見抜けるほど、真の意味で大理石の目利きとなった。石切り場の岩壁は、そこにあるかけら（石塊）がどんなものかを語ってくれる、ちょうど母親が自分の子どもたちについて話せるのと同じだ。石を切り出すため、砂で覆われた縄が石の中へ入っていく時に出るザラザラとしみ込むような音、石が切り落とされる瞬間の耳をつんざくような轟音、石切り工たちの叫ぶ声、大きくこだまする落石の音……。日々、時を刻んだこれらの音を決して忘れないだろう。

　長いあいだ、こんな風に大理石に触れながらも彫らずに過ごしたため、手が震え始めた。すでに四ヶ月も金槌を握っておらず、山の壁面に海からも見えるほど大きな巨人を彫ってやろうかと、無謀な思いつきが浮かんだ。

幸いにも、九月になると、石を軽くして運搬しやすくするために粗彫りする時期が訪れた。腕の中に溜まりに溜まっていたエネルギーのすべてをつぎ込んだ。

一二月には積荷作業の監督をして、それからローマへ向かった。途中でフィレンツェに立ち寄ったが、父と土地の購入について意見をまとめ、いくつか家族の厄介ごとを片づけるための短い滞在だった。バッボは喜びで浮かれていた。息子が教皇の墓を作ることに当の息子よりはるかに興奮していた。一万ドゥカーティ金貨！　父はいつも、いい暮らしをするには三〇〇〇ドゥカーティの財産があれば十分だと言っていた。ならば、父のあらゆる期待を超えたことになる。わしへの態度は大きく変わっていた。厳格で決然としていた父は、厚かましく悲しげな存在へと変貌していた。父や弟たちの面倒を十分に見ていないと不平を言い、絶え間ない要求を繰り返し、わしにできるのはただ父を満足させ、安心させることだけだった。

家にいることは耐えがたく、ローマに戻ることで重荷から解放された。そこには大理石が到着しようとしていた。

積荷がリーパ・グランデの港に着岸した日がまるで昨日のことのようだ。悪天候で航海に時間がかかったため、長く待たされ、疲れ果てていた。まだ雨は続いていたが、川の水は穏やかになっていた。石塊は、一部をテヴェレ川の埠頭に整え、一部をサン・ピエトロ大聖堂前の広小路に運んだ。天気が回復したら、そこですぐに彫り始める予定だった。

ユリウス二世は、仕事を進めやすいようにサン・ピエトロのそばに宿泊場所を用意してくれた。ある時、教皇は、教皇宮殿とサンタンジェロ城を結ぶ通路を介して、わしの家と仕事場を繋ぐはね橋をかけてくれた。わしを偉大なマエストロとして扱い、あらゆる方法を講じて安心して仕事に取り組めるように努めてくれたのだ。

だからこそ、どうして突然、教皇が墓廟に対する態度を変えたのか、いまだに理解できないでいる。

ある朝、到着した石塊が川の氾濫で損傷していないかを点検していた時、サンガッロがやって来た。「ミケランジェロ、コロッセオの近くで途方もなく素晴らしい彫刻が発見されたらしいぞ」と言った。「教皇がそこへ行って確かめてきてくれと言うんだ。購入する価値があるかどうかを検討するためだ。お前も一緒に来るか?」

大理石から離れる気などこれっぽっちもなかった。わが甥よ、お前は、わしがいったん仕事を始めると何事にも気が散ることはないのを知っているだろう。その時、大理石から離れたのは、単なる好奇心からだった。

行ってよかった。

オッピオの丘の下のティトゥス帝の浴場の廃墟の中から大理石彫刻の大傑作が現われた。たくましい裸体で絶望的な表情をした男が、死にもの狂いで巨大な蛇から二人の息子を守ろうとしている姿をとらえていた。大蛇は子どもたちの脚に絡みついて締めつけ、父親の腰に嚙みついていた。男はラオコーン、トロイアの神官で、オデュッセウスの置いていった木馬に注意するよう市民に警告していた。そして、その余計な口出しにギリシア人の守護の女神アテナが怒り、罰を与えるために海蛇をつかわしたのだった。神の処罰には十分な説得力があったから、トロイア市民は神官の言葉を信じなかった。そうして彼らは木馬を受け入れ、戦争に負けたのだ。なんという悲しい運命だろう！

これほど激しい顔をこれまで見たことがなかった。苦悶に満ち、極限まで力を尽くして歪んだ顔、もうだめかもしれないという不安も浮かんでいる。今ではこれをベルヴェデーレの別邸で見ることができる。レオナルドよ、これだけのものを見逃してはいけないよ。

あの日、忘れもしない一五〇六年一月一四日、一つの彫刻を前にして持ち得る最も激しい感情を抱いた。驚嘆は嫉妬に、称賛は失意に変わっていった。わしの彫刻はこのような感動を与えることができるのだろうか？

ラオコーンの身体のなめらかさと身をよじった姿勢を自分のものとしたかった。時の中では止まっていたが、空間の中ではあたかも生きているかのように動いていた。これを彫った彫刻家は三人だったということを、あとで古代の文献から知ったが、彼らはただ単に解剖学的に正確な身体を表わしただけでなく、桁外れの労苦によって生じる身体の変化や反応のすべてを表現することができていた。

これに比べるとわしのダヴィデの身体は無防備で静止しているように見えた。いっぽうでラオコーンの身体には苦痛のエネルギーを感じた。

これをすぐに活用した。頭の中にラオコーンのイメージを思い浮かべながら、ユリウス二世の墓廟のための最初の二体の彫像を彫り始めたのだ。奴隷となったことに反抗する鎖に繫がれた男たち、「囚われ人」だ。記念墓廟の中で教皇が軍事力で支配下に置いた属州を象徴するものだが、わしにとってはそれ以上の意味があった。

まさにこの時期、仕事に対する新たな信念が熟していった。その数年前まで、彫刻は肉体的活動、つまり自分の身体と大理石の塊との戦いだという考えが常に頭にあった。本能的に石を攻撃し、石はその攻撃におとなしく従っていた。だが、ラオコーンを見たあと、彫刻家の役割は他にあることに気がついた。女性の胎内にいる胎児のように、彫像はすでに石塊の中にある。わしはそれをノミで外へ引き出し、つかみとらなければならなかった。だが、それは、叡智の教えに従うことでしかできないのだ。

どんな像が石塊の中で取り出されるのを待っているのだろう？　彼らはどんな物語を話してくれるのだろう？　わしはただそれを表に出してあげるだけでよかった。

「囚われ人」の一人は、聖セバスティアヌスのように紐で切り株にくくりつけた。柔らかな女性的なポーズで曖昧な表情を浮かべている。眠っているようにも気を失っているようにも見える。だが、なんの苦痛も見せていない。不確かな人物像だ。

もう一人はもっと力強い。脚を前に押し出して紐を解こうとしており、胸部は筋肉で膨らんでいる。時折これを見つめ直すと、肩を誇張し過ぎたようにも思える。ラオコーンのような緊張感とドラマを再現したいと思って、その肩を真似たのだった。同じ激情を表現するには至らなかったから、不恰好な人物像になったのではないかと心配したが、見るべき位置から「囚われ人」を見れば、この大きさでつりあいがとれると確信していた。

＊

仕事が迅速に進んでいくいっぽうで、教皇と経済的懸案を解決しようとした。

大理石の代金は到着時にわしが払っており、この仕事を進めるためにはまだ金が必要だった。前金に一〇〇〇ドゥカーティをもらったあと、ユリウス二世は一銭たりとも払い込んでいなかった。約束されていた月給さえ、一度も手にしたことがなかった。こんな条件ではなかったはずだ。むろん教皇が金に困ることはないだろうから心配はしていなかったが、いずれにしても直接会ってもう少し金を出してくれるように頼もうと決心した。

教皇はわしを何時間も待たせて、ようやく会えたと思ったら、次の月曜日にまた来るようにと言った。再び訪ねると、今度は宮殿の中に入れてくれなかった。続く三日間も同様だった。思いあまって金曜日に強引に中へ入ろうとしたが、衛兵がわしを通さないよう教皇に命じられていると言った。

カッとなった、レオナルドよ。ユリウス二世は明らかに墓廟とわしに興味を失ったように思えた。腹が立ち、踵を返してフィレンツェに戻った。大理石、契約、教皇とその宮廷を突然放棄したんだ。サンガッロに挨拶できなかったのは残念だったが、あんな屈辱を受けたあとで残ることなどできなかった。

わずかな私物をかき集めて短い手紙を書くためだけに家へ立ち寄った。「教皇聖下、今朝、私は聖下の命により宮殿から追い払われました。したがって、今後もし私をご必要とお考えの際は、ローマではなく別の場所をお探しください」

わしが手に負えない性格をしているのは、言うまでもないことだ！

一介の彫刻家が教皇の仕事場を放棄することなど、これまで起こったことがなかっただろう。ユリウス二世の反応が厳しく残酷なものになり得るという考えすら、頭をかすめもしなかった。ひどい屈辱を受け、傷ついていたため、教皇の謝罪がなければ絶対に戻らないつもりだった。実に無鉄砲だったよ。ローマに連れ戻すため教皇が直ちに送った使者さえも、わしを説得することはできなかった。

甘言に騙されなかったのは、二つの理由があったからだ。

まず、ローマを去った翌日に、ブラマンテにゆだねられていたサン・ピエトロ大聖堂の再建工事が始まったのが偶然とは考えられなかった。明らかに、この新しい大事業が教皇の関心の中心となり、墓廟制作への情熱を失わせたと思ったのだ。

それから、生前に埋葬について考えるのは縁起が悪い、不吉なものになっただろうと、ブラマンテがユリウス二世を説得したという噂も耳に入ってきた。あの建築家は実に嫌な奴だということが分かった。奴は、ライバルとなりうる者が教皇の関心を引かないよう排除しようと努めたのだ。

本当を言うと、教皇の態度は最初は決して協調的なものではなかった。「ローマに戻らなければ、自ら災難を招くことになるだろう」と、手紙を書いてきた。

だが、ひるまなかった。「私は物乞いのように追い払われるべき人間ではありません」と応じた。「もし教皇聖下がもはや墓廟制作に興味がないのなら、それなら私も聖下に対する義務から解放されて自由になれます」

ある種の腕相撲をしているようだった。そう思わないか？　教皇は自ら軍隊を率いて敵を大敗させた将軍であり、剣と大砲で再びボローニャを征服するため、動こうとしていた。わしは無礼にもそんな教皇の命令に背き、条件を押しつけたのだ。

二度のやりとりが無駄に終わったあと、最終的に教皇はピエル・ソデリーニに助力を求め、政治問題へと変えた。

行政長官は心配してわしのもとを訪れた。「ミケランジェロ、君はフランス王さえできないような態度で教皇聖下に臨んだのだ」優しいが断固とした口調で言った。「君が原因で教皇との戦いには戻りたくない。共和国を危険にさらすわけにはいかないんだ。だから、ローマに戻ることに応じてくれ」

この言葉がわしの中にどんな反応を引き起こしたか分かるか？

「このような脅迫に屈するくらいなら」と答えた。「むしろ、コンスタンティノープルへ立ち去ります。トルコがボスポラス海峡にかける橋を設計してほしいと言っていますから」フランシスコ会のある修道士を通して、東方の君主から招待を受けていた。むろん、実際にそれを受けるつもりはまったくなかったが、わしの立場は実に難しいものになりつつあった。自分の彫った彫像のように囚われ人になったような気分で、教皇が錠をかけて繋ごうとする鎖から逃れたかった。「ユリウス二世からの対抗措置は何もないから、心配しなくていい」と、ソデリーニは安心させるように言った。「君に対しては好意的で、何一つ不快な思いはさせたくないそうだ」

強権的なやり方では成功しなかったから、教皇は丁重に説き伏せようとしていた。逃げ道はないと分かった。「それなら仕方がありません。墓廟の彫刻に戻るとしましょう。けれども、これから先はフィレンツェで仕事をすることを聖下にお伝えください。大理石をここまで送り、給料をサンタ・マリア・ノヴェッラ病院の口座に振り込んで頂きます」わしの勝ちだと思った。

レオナルドよ、分かっている、お前はわしを分別のない傲慢で手に負えない男だと思うだろう。最後に決定的な言葉を発するのは、常に自分でなければならなかったのだから。

だが、本当は、ローマに戻りたくない別の理由もあったんだ。ローマ滞在中の最後の日々は自分がまったく安全な環境にあるとは思えなかった。あの、サン・ピエトロで衆人環視の下にあった山のような大理石は同業者に多くの嫉妬を引き起こし、フィレンツェにいる時ほど庇護されていないと感じていたんだ。それに加えて、自分の町で仕事をするほうがはるかに気楽だし安上がりだ。節約できる可能性があるなら、金を無駄に遣うのは好きではなかった。

驚くべきことに、ユリウス二世は条件をすべて受け入れた。奇跡だ！　そして、わしに会いたがった。しかし、ローマではなかった。一五〇六年の終わり、教皇は自軍とともにボローニャにいた。

「お前が余に会いに来なければならなかったのに、余がお前に会いに行くのを待っていたのだな」と、会うなり嫌味たっぷりに言った。

教皇は軍事的偉業を達成したばかりだった。数年前ベンティヴォーリオ家の下で独立していたボローニャを、再び教皇国家の支配下に取り戻したのだ。心の底ではわしとの戦いにも勝ったと思っているようだった。そういうことにしておいてあげた。

わしはひざまずいて大きな声で謝罪の言葉を発した。「聖下、お許しを願います」と、大仰に言った。「私は間違っておりました。しかし、悪意からではありません。聖下から追い払われたことに耐えられなかったのです」

教皇は下を向いて困惑した顔で沈黙していた。ソデリーニが付き添わせてくれた高位聖職者は教皇の怒りが爆発するのではないかと怖れ、弁護しようとした。しかし、ユリウス二世は彼を粗雑に黙らせると、本来わしが受けるべきだった怒りをぶつけた。いったん落ち着きを取り戻すと、ボローニャでの勝利を巨大な彫像で不朽のものにしたいという望みを明かした。ブロンズ製の教皇の肖像彫刻を常にボローニャ人の目に触れるようにサン・ペトロニオ聖堂のファサードに設置するというものだった。

フィレンツェで散々苦しんだブロンズの仕事に戻るのはちっとも嬉しくなかった。けれども拒否することは不可能で、直ちにテラコッタで原型を作って準備し、教皇に提示した。彫像は片手で市民を祝福していたが、もういっぽうの手に何を持たせたらいいかは決めかねていた。「聖下、書物にしましょうか？　いかがでしょう？」と尋ねた。

「何が書物だ、余が無知だとでも言うのか？」と、教皇は面白がって答えた。「いや、それよりも剣だ！」宙で自慢げに動かしていた右手について説明しながら、言い添えた。「ミケランジェロ、それにしても、この彫像は祝福を与えているのか、それとも呪いをかけているのか？」

「教皇聖下、実際には愚かな民衆を威嚇しているのです」

この言葉に満足して、ユリウス二世は腹の底から笑いながら遠ざかっていった。

教皇との関係を取り戻したように感じた。そして、ボローニャは生活するのに理想的な場所ではなかったが、この仕事をするために環境を整えた。さらに、洗礼者聖ヨハネ像の制作の際に手伝ってくれた鋳造の専門家ラーポとルドヴィーコをフィレンツェから呼んだ。自分の町には最良の職人がいると信じていたから、フィレンツェ人以外の助手は信用していなかった。

残念ながら、その考えは改めざるを得なくなった。というのも、あの二人は、そう、確かに優秀だったが、不誠実な行為をした。鋳造のための蜜蠟や日々の食品を買わねばならない時に渡していた金の一部をラーポが着服していたことが分かったんだ。ラーポを首にすると、残念ながらルドヴィーコも失った。ボローニャという異国に相棒なしで残りたくなかったからだ。

あとで知ったことだが、奴らはフィレンツェに戻るとすぐにわしの父のところへ行って、いかにひどい仕打ちを受けたかと愚痴をこぼしたそうだ。バッボや弟たちに本当のところはどうだったのかを説明するのに、どれだけ手紙を書いたことだろう！　不誠実な奴らめ。あ奴らにはあの時期かなりいい給料をあげていたというのに、彫像の問題をわしに残したままにしたのだ。

奴らなしでは最初の鋳造はまったくうまくいかなかった。彫像は半分に壊れてしまった。気を取り直して、二度目の鋳造を行なった。だが、この試みも失敗だった。長くても三ヶ月あればできる仕事だと考えていたが、結局ほぼ一年もボローニャに滞在することになった。

教皇の彫像は、三度目の試みでようやくきれいにできた。この時に使ったブロンズはベンティヴォーリオ家の塔から奪った鐘とボローニャ市政庁の臼砲(きゅうほう)を溶かしたものだったが、その選択は偶然ではなかった。教皇は、ボローニャ市が所有する砲類や貴族の所有財産を自分の好きなように使えることを示したかったのだ。

彫像の仕上げに少なくとももう二ヶ月は費やした。今回は仕上げを拒否するわけにはいかなかった。なぜならユリウス二世が、大聖堂の扉口の上に彫像を設置するまでわしに残るよう義務づけたからだ。

多くの困難と失望、不都合があったにもかかわらず、像を設置した時には大きな満足感を覚えた。ブロンズはわしにとって理想的な素材ではなかった。というのも、最終的な出来栄えが、彫刻家の手ではなく鋳造師の正確さにかかっているからだ。しかし、この記念建造物は、まさにわしが意図したように、見る者に怖れを抱かせるものとなった。

だからこそ、一五一一年にボローニャが教皇領から再び独立を勝ち取った時、ボローニャ人がこの彫像を撤去しフェッラーラ公へ贈ったことに、さほど驚かなかった。公はそれを溶かして臼砲を作った。そして教皇を侮辱するため、大砲を「ラ・ユリア」というあだ名で呼んだ(ユリアはラテン語でユリウスの女性形)。

苦労して作った作品が煙と消えたのは残念だったが、この話を聞いた時、わしは笑わずにはいられなかった。

13

お前は、システィーナ礼拝堂の天井画がどのようにして生まれたのか、知りたくてしようがないのだろう。続けることにしよう、たとえわしにとって苦悩に満ちた話であったとしても。

思い出をたどって過去をふりかえる時、作品を創作する際に感じた激しい感情が同じだけよみがえってくる。若い頃は考えもしなかったが、歳をとればとるほど性格も弱くなり、感情の波に支配され、より敏感になるのを、今では認めざるを得ない。過去のあらゆる失望、あらゆる怒り、あらゆる成功が、あたかも今起こっているかのようだ。

そう、これが、あの天井画「創世記」を回想するのが容易でない理由なのだ。なぜなら、この絵のために身体を壊し、心が傷つき、空っぽになってしまったからだ。四年弱のあいだに、わしは三〇〇人以上の人物像に命を与えた。ヴァティカン宮廷の内外から悩まされた疑惑や問題を抱えて足場の上にいる自分の姿が、今も見える。神の御加護がなかったら完成させることはできなかっただろう。

*

サン・ペトロニオ聖堂のファサードに巨大なブロンズ像を設置したあと、フィレンツェへ戻り、ドゥオーモの一二人の使徒像の仕事を再開することにした。着手していた唯一の彫像は聖マタイ像だけで、しかも、それは粗彫りしただけだった。少なくとも教皇がサン・ピエトロに置きざりにしていた墓廟用の石塊を送ってくれるまでは、穏やかな気持ちで彫っていたかった。

仕事道具に囲まれ大理石の粉塵にまみれる仕事は、多大な年月を要することが予想された。これ以上のものは望めなかった!

しかし、残念ながら、平穏な日々はほんの少ししか続かなかった。

一五〇八年初頭、再びユリウス二世にローマへ召喚されたのだ。すでに使徒像制作の契約書を交わしていることを理由に抗おうとしても、何の意味もなかった。教皇の意志は、いかなる取り決めが先行していたとしても、それを超えるものだった。したがって、今度ばかりは行かないわけにはいかなかった。たとえ墓廟の仕事場をフィレンツェに移すのをあきらめてはいなかったとしてもだ。

ローマに到着すると、すぐに教皇宮殿を訪ねた。そこでは新しい教皇居室の装飾が始まっていた。ユリウス二世には、罪深い所業をしていたボルジア家出身のアレクサンデル六世と同じ居室、乱痴気騒ぎや宴の余韻がいまだ残っているようなところに暮らすつもりはさらさらなかった。そのため、教皇は、ニコラウス五世がすでに整えていた上階の数部屋をペルジーノやロレンツォ・ロット、ソドマのような画家たちに装飾させていた。

「ミケランジェロ、やっと戻ってきたな！」教皇は嬉しいような怒ったような口調で迎えてくれた。「お前に提案したい大きな計画があるのだ。余の伯父シクストゥス四世が建立した礼拝堂の天井に絵を描いてほしい」

そんな依頼が来るとは夢にも思っていなかったが、その言葉には少し思い当たることがあった。それより二年前、教皇宮廷で仕事をしていたフィレンツェの親方ピエロ・ロッセッリが、この話が出た時に居合わせ、それを話してくれたことがあった。ある夜、晩餐の席でユリウス二世は一族の宝のように大切に思っているシスティーナ礼拝堂の天井画を描き直させる意向を明らかにしたそうだ。その少し前、天井にかなりひどい亀裂が入ったため修復を命じていた。そこにはピエルマッテオ・ダメーリアが描いた星空が広がっていた。しかし、教皇は大切なその場所に自身の痕跡を残すことを望んでいた。そして、晩餐の出席者の前でわしの名を出したという。わしが教皇の意志に反してフィレンツェに戻っていたにもかかわらずだ。

最初に反発したのはブラマンテだった。このサン・ピエトロ大聖堂造営主任建築家は、教皇の関心がどんどんわしに向かっていくのを懸念していた。「ミケランジェロは絵の専門家ではありません」と、疑念を抱いて意見した。「何よりも、一枚の絵を描くのと天井に短縮法を使って人物像を描くのはまったく異なることです」その時からブラマンテはわしに宣戦布告したのだ。

ロッセッリは、その時点で黙っていることができず、負けずにブラマンテに言い返し、わしがその任務を喜んで受けるだろうと教皇に保証したそうだ。

しかし、ロッセッリは間違っていた。

それから二年が過ぎ、ついにユリウス二世がこの話を持ち出した時、わしにはそんなことができる自信などこれっぽっちもなかった。何にもまして自分は彫刻家だと思っていた。フレスコ画が自分の仕事でないのは明らかだった。壁は、全身で抱きしめることができないし、手で攻撃することもできない。絵筆で軽く触れなければならないのだ。わしの創作方法からはかけ離れた行為だ。そんな軽々しく思えるような仕事に従事する自分の姿をまったく想像することができなかった。レオナルドよ、どれほど間違っていたことだろう！

あらゆる手段を使って身を引こうとし、馬鹿げた言い訳をこしらえたり、はるかに経験を積んだラファエッロに任せたらどうかとさえ提案したりもした。だが、教皇の考えを変えさせることはできなかった。

そこで、この、途方もなく大きくて長く伸びた天井の装飾事業に従事するための動機づけをしてみた。経験がないことに比べると、天井の広さはそれほど心配ではなかった。ためらいはあったが、それでもこの仕事を受けることにした。わしに絵を描く能力がないと言いふらしたブラマンテに無能ではないことを示してやりたかったのだ。どれだけ自尊心が高いんだろう？

言うまでもなく、教皇の提示した報酬も理由の一つだった。四年で三〇〇〇ドゥカーティ金貨だ。この仕事の終了後には、墓廟の彫像制作の再開も約束してくれた。

結局のところ、わしは、ロレンツォ・イル・マニフィコに仕えた者が二五年ぶりにシスティーナ礼拝堂へ戻って絵を描くという事実に興奮していたんだ。というのも、ロレンツォがシクストゥス四世に礼拝堂の壁面装飾をした画家たちを派遣していたからだ。ペルジーノ、わが師ギルランダイオ、ルカ・シニョレッリ、コジモ・ロッセッリ、ボッティチェッリ……、彼らがモーセとイエスの生涯のエピソードを向かい合わせで呼応するように描いたのだった。そして、その神学的意味はいまだ優美に光り輝いていた。「ダヴィデ」の時と同じように、わしはこの伝統の後継者となった。ただし今回はフィレンツェの外だ。これを誇りに思わないでいられるはずがなかった。


おずおずと仕事を始めた。教皇が最初に示した構想は、ピエルマッテオが何も描かずに残しておいた窓の上部に一二人の使徒を描くというものだった。草案を作り、それを教皇に見せた。

「かなり貧弱に見えるな」と、教皇は見るなり言った。「衣服をもっと豪華にしろ！」

「聖下、貧弱に見えるのは、彼らが貧者だったからです」と答えた。「金色をつけ加えるつもりはありません」

わしはまだ教皇に逆らわないことを学んでいなかったから、すぐにいつもの怒りが爆発するんじゃないかと怖れた。

ところが驚いたことに、教皇はわしの言葉に感心し、すべてを任せてくれたのだ。「それでは、あの天井に何を描くか自分で決めるがいい。どうせお前はいつも自分の好き勝手にするのだから。余は時々、様子を見に来ることにしよう」

信頼しての行動なのか、それとも威嚇したのかは分からなかったが、二度言うことはなかった。一五〇八年五月一〇日、最初の支払い五〇〇ドゥカーティを受け取って仕事を始めた日をまるで昨日のことのように思い出す。最初に、天井まで届く足場の問題を解決しなければならなかった。あの日、ユリウス二世の命令でブラマンテが礼拝堂の中にすでに骨組みを作っていたのに気がついた。一瞥して、それが完全に間違っていることが分かった。なぜなら、屋根に穴を開け、棒くいと縄によって天井から吊るされた足場を作ろうとしていたからだ。

ブラマンテの思い上がりを知っていたため、奴とは無駄話をせず、直接教皇のところへ行った。「足場を片づける時に、あの穴はどうするおつもりですか?」と、文句を言った。「あの部分をどうやって描けばいいのでしょうか? 聖下、一度穴を開けたら、そのまま残るのですよ」

この件で、ブラマンテへの小さな勝利をもう一つ収めた。愛する甥よ、仕事における最悪のことは妬みだ。だからこそ、彫る能力、描く能力、身を守る能力が必要なのだ!

早い話、しまいには自分で足場を設計した。天井まで登る階段と棚板を組み合わせた仕組みを作り、壁の最上部に突き出たコーニス(蛇腹。ここでは壁と天井の交差する部分にある水平の帯状でっぱり部分)に立てかけた。それは礼拝堂の側壁をしっかりと押さえていたから、確かな安定感が保証されていた。

次の段階は、作業を補佐する画家チームを作ることだった。あの広大な表層にフレスコ画を描くには少なくとも六人の協力者が必要だった。だが、お前に話したように、わしはローマの人間を誰も信用していなかったから、またしてもフィレンツェに助けを求めた。

友人のフランチェスコ・グラナッチを頼り、彼が有能な同業者を集めてくれた。ジュリアーノ・ブジャルディーニ、ヤコポ・ディ・サンドロ、インダコ・ヴェッキオ、アニョーロ・ディ・ドメニコ・デル・マッツィエレ、アリストティーレ・ダ・サンガッロだ。全員が経験豊富な熟練者で、何にもましてこの巨大事業に参加するのを熱望していた。

グラナッチには、フィレンツェから色を作る顔料を持ってくるようにも頼んだ。知る限りにおいてサン・ジュスト修道院の修道士たちの作る顔料が最高峰だったから、それ以外はほしくなかった。顔料がローマに届くと、調合係の助手へ渡した。様々な顔料の中で特にこだわったのは、半貴石ラピスラズリからとれる青、ウルトラマリンだった。

「お願いだから」と説明した。「粉が飛び散らないように、ブロンズ製の鉢に蓋をしてつぶしてくれ。それから、それを斑岩の上に置いて、水を使わずにのばせ。そのあとすぐに薬草屋がやるように蓋のついたふるいにかけろ。ふるいにかけたら、細やかな粉になるまでつぶすんだ。だが、気をつけろ。細かすぎてもいけない！　きめ細かい粉は鉱夫や染色家が美しい布を染めるのにちょうどいいものだ。忘れるな、必ず松脂と乳香と蜜蠟を調合しなければならないぞ。そしてこれら全部を深い容器の中で混ぜ合わせろ。最後にこの混合物の中に白い麻の布切れを浸して染み込ませ、ガラスの容器に濾過させろ。布は、顔料を濾過し、純度を高くするために必要なんだ。それから、三日三晩休ませて、俺のところへ持ってこい。その時点で、生乾きの漆喰の上にのせる準備ができたと言えるだろう」

たった一つの色を生み出すのにどれだけの労力がかかるかを知ると、驚くだろう？

だが、なんといっても、絵は、材料、行為、時間の錬金術なんだ。時にはそこに幸運が入ることもあるが。

システィーナ礼拝堂でどんな風に仕事が始まったかを思い返すと、幸運が占める割合が大きかったと言えるだろう。


最初にいくつかの人物像を描いたあと、フレスコ画の乾きが遅いのに気づいた。数日が過ぎると、表面にカビの層ができていた。絵の具を再び点検し、助手にどんな流れで顔料を調合したかを繰り返し言わせ、自分の行動もすべて思い起こしてみた。何も分からなかった。誰にも何が起こっているのか分からなかった。

「ほら、こうなることは分かっていた！」と、絶望して共同作業していた画家たちに叫んだ。

「俺は画家じゃない！　これは俺の仕事じゃないんだ！」

完全に意気消沈して教皇を訪ねた。自分の敗北を認めなければならなかった。ブラマンテは正しかったのだ。

「待て、ミケランジェロ。結論を急ぐな」と、教皇は慰めてくれた。「ジュリアーノ・ダ・サンガッロにお前の仕事を点検するように頼もう。おそらく彼ならこの惨事の原因が分かるだろう」

サンガッロは足場に登り、それから愉快そうに現場から降りてきた。

「ミケランジェロのせいじゃない」と、説明を始めた。「ローマの漆喰(石灰)がトラバーチン石から作られることを知らなかったんだ。フィレンツェでやるようにポゾラン(セメント原料の凝灰岩)を加えたから、湿ってカビが生えたんだ。ポゾランの代わりに大理石の粉を使って、水の量を抑えれば大丈夫だ。こんな問題はもう起こらないと思うよ」

レオナルドよ、これだ、わしが幸運という言葉で何を言いたいのか分かるだろう? もし、サンガッロがフィレンツェ人じゃなかったら、決してあの迷宮から抜け出すことはできなかっただろう。

とはいえ、この出来事で天井画の仕事が予想よりはるかに困難であることが分かった。どの段階でも最大の注意を払わなければならなかった。だから、フィレンツェから呼んだ画家たちは全員クビにすることにして、調合係の助手だけをそばに置いた。

わが甥よ、ずいぶん前から一人で仕事をするのには慣れていた。カビの問題は何らかの警告だと思ったんだ。だから、もう誰も信用することはできなかった。自分一人で間違えるほうがずっといい。

こんなやり方で、自分自身に苦難の道を強いたんだ。

彫刻ではなかったものの、いつもと同じ情熱で仕事に取り組み、壁の準備と絵の具の作成に完全に没頭した。何ヶ月ものあいだ、着衣のままで眠り、ブーツさえも脱がなかった。だから助手にブーツを脱がしてくれるよう頼んだ時には、足の皮も一緒に剝けてしまった。髭も剃らず、倒れない程度の食事をとった。

最初の頃はいくつかカルトンを用いた。事前に助手たちの絵筆を導くために準備していたものがあったからだ。だが、まもなくそれを使うのをやめて、自分で構想した図案を天井に直接、描き移すようにした。天井の最も湾曲した部分にあるいくつかの人物像を描く際には下描きさえもしなかった。

工夫を凝らした手法を考え出したんだ。ろうそくを取り、徒弟にろうそくの焔と絵を描き入れる壁面のあいだにいるよう頼んだ。それから壁に映る影の輪郭線を描いた。こうすることで、空間の内側に人物像の正しい比率を見出すことができたのだ。

彩色は最後の段階で、絵は素早く仕上げる必要があった。なぜなら、まだ湿っている漆喰だけが顔料を吸収するからだ。一度乾いてしまうと、できることは限られ、わずかな修正や目に瞳を描き入れるような些細な加筆しかできなかった。

人生の中で無条件に最も困難な仕事だった。あの屋根の下、夏は死ぬほど暑く、冬は凍えないよう動きにくい厚着をしなければならなかった。

最初の頃は、立ったまま描いていた。幸運であれば、絵の具は筆の上にしたたり落ちて、それが手に沿って流れ、袖の中に入っていった。たいていは、絵の具のしずくが天井から髭へ直接落ちるか、最悪の場合は目の中に入った。けれども天井から遠ざかることはできなかった。あの高さでは光が少ししか届かなかったからだ。何ヶ月か過ぎると、バランスを崩さないよう脚をかがめて座って仕事ができるように、サンガッロに少し高さのある台を作るよう頼んだ。そして、最後の時期は、寝転がって絵を描いた。というのも、首がもはやあの体勢を支えられなくなってしまったからだ。苦労がやる気を失わせることはなかった。あの苦痛の中に前へ進む理由を見つけていた。労苦が激しければ激しいほど、作品は素晴らしいものになるだろうと自分に言い聞かせた。終わった時はぼろぼろになっていた。フレスコ画を描き終えたあとも数ヶ月間は、文書を読む時には紙葉を頭の上にかざさなければ読めないほどだった。というのも、刺すような痛みなしでは目を下に向けることができなかったからだ。

天井画が半分ほど仕上がった頃、ユリウス二世はフレスコ画を見るため足場の上に登ってきた。教皇は唖然としていた。「息子よ、見事な出来栄えだ」両腕を広げてほとんど情愛のこもったしぐさをした。それは彼らしくない身ぶりだった。そして、歓喜のあまり、この素晴らしい成果をみなに見せるため、すぐに足場を取り除こうと言った。「そうすれば、足場を礼拝堂の反対側に取りつけて、仕事を続けることもできるだろう」と、安心させるかのように言った。

わしはためらった。そして、まだ仕上げなければならない細部があるからと異議を唱えた。だが、本当は、どんなことを自分がしているのかを見せたくなかったのだ。とりわけ誰にも人物像を模倣されたくなかった。

一五一〇年、ラファエッロはローマに到着して数ヶ月しか経ってないのに、ユリウス二世の居室全体を装飾する仕事を手に入れていた。教皇はラファエッロの画風に心を奪われ、その事業にすでに従事していたマエストロたちを突然解雇したという。

いつものことだ。わしとも常にそうだったように、教皇は衝動に駆られて行動したのだ。その上、ラファエッロは同郷のブラマンテの援助を享受することができた。だから、わしはこの二人に包囲されているような気分になり、奴らにだけは絶対にフレスコ画を見せたくなかったんだ。「それでは、いつ仕事が終わると考えているのだ?」と、教皇は足場の上にまっすぐ立ったまま、カッとして大声を上げた。

「教皇聖下、私ができる時です」と、答えた。

「私ができる時、私ができる時」教皇はわしの声を真似て繰り返した。そして、「それはどういう意味だ?」と、すでに痛めていたわしの背中を杖で叩いた。「余の言葉は助言ではない。命令だ!」

何も言わなかった。頭を下げて、教皇が降りる通路をあけるため移動した。服従の行為のつもりだったが、ますます怒った。「余がいとまを告げる時を決めるのはお前ではない。ミケランジェロ、お前はどうしようもない奴だ!」

教皇と穏やかな関係を築ける方法はなかった。本質的には互いに大きな敬意を抱いていたが、いつも口論に終わるのだった。再び深い失望に陥った。

あの夜、家に帰るとすぐに教皇の使者が扉を叩いた。五〇〇ドゥカーティ金貨の入った小袋を届けるためだった。それを教皇の和解の印だと解釈した。

翌日、しぶしぶ足場の撤去を始めた。ローマは、すべての画家たちの手本となるべく天井画を称賛するための準備をしていた。

＊

今なお、確信していることがある。あの天井画を見る者の大半は画像の壮大さに惑わされ、その意味に気づいていない。フレスコ画の裏側には厳密な構想があり、それは、個々の画像に注目するのではなく、全体を見渡すことでしか捉えることができない。

礼拝堂の入り口の上に位置する場面から描き始め、そのあと少しずつ祭壇側へ移動していった。天井の四隅（大スパンドレル）には、旧約聖書で語られた神の恩恵による四つの劇的な物語を置くことにした。入り口側には、ダヴィデがゴリアテの首をはねる場面とユディットが勝利に満ちてホロフェルネスの首を運ぶ場面を描いた。これらの動作を表現するのは実に困難だった。何にもまして三角形のくぼみの内側に絵を展開させなければならなかったからだ。短縮法で身体を強調することにした。ダヴィデは巨人ゴリアテを前方に倒し、その巨大な身体が見る者の視線を場面に誘い込む。ベッドの上に横たわったホロフェルネスの死体の側でも同じことが起こっている。このエピソードの中には、画面により深い奥行きを与えるため、背景に遠近法で壁を描いた。

お前も、今度見に行けば気づくだろう。下から見上げるとすべてが規則的で、それどころかほとんど単純なものとさえ映る。だが実際には、複雑に創り上げた錯覚なのだ。

天井の反対側（祭壇側）には、それよりずっとあとに、青銅の蛇のエピソード、つまり神を信じなかったため罰を受けたユダヤの民を救う場面と、ハマンの懲罰の物語を描くことになった。十字架にかけられたハマンは両腕を伸ばして壁から出ようとするかのようだ。

レオナルドよ、結局のところ、わしは、物語の意味より、肉体の力強さを解き放ちたかったのだ。そして、それに成功したと思う。

天井の中央帯には、旧約聖書の場面を時系列とは逆行して最後の部分から描き始めた。最初に完成したのはノアにまつわる場面、「ノアの泥酔」「大洪水」「ノアの燔祭(はんさい)」だ。それぞれのエピソードを語ることで、お前をうんざりさせたりはしない。ただ、これまで誰にも話したことのない小さな秘密をお前に伝えておきたい。あれらの場面は天井全体の中で最初に描いたものだった。注意深く眺めれば、おのずと分かることだ。三つの場面は人で埋め尽くされている。続く他の場面に比べて作中人物がかなり小さいから、下から見上げると判別するのが難しいほどだ。その理由はすぐに分かる。天井の至近距離にいた時、人物像をあたかもすぐそばで鑑賞するカンヴァスに描写するかのように取り扱ってしまったんだ。たくさんの個性、表情、詳細を描き入れて物語を豊かに仕上げたつもりだったが、あとになって初めて、下から見たらすべてが失われてしまうことに気づいた。

どれだけの時間を無駄にしたのだろう！

だから、カルトンで構想した三つのエピソードを描き終えると、他の場面の人物像は、疑いの余地なく、より大きく、はるかに速い筆さばきで描くことにした。それが、カルトンの使用を放棄して壁に直接図案を描き入れるようにした瞬間だった。

こうして、創世記から選んだ他の場面が生まれた。「光と闇の分離」、この中で神は空を飛び回っている。「太陽と月の創造」では、神は正面と背を向けた姿で現われ、大きな身ぶりで満足げな表情を浮かべている。「水と大地の分離」では、神が礼拝堂へ落ちないように、あたかも天使たちが神を押さえているかのようだ。

レオナルドよ、告白しよう。人物案を着想したり、ポーズを構想したり、何らかのリスクをとったりするのを楽しむことで、仕事の苦悩は報われた。それまで、教会の中で神をあれほど自由に動かした者は誰一人としていなかった。

「アダムの創造」では、いかにして全能の神が人間の身体と魂を形成したかを語るように努めた。わずかな動きで、けれども深い精神性を表わすような手ぶりを研究した。

この場面には、まだ誰も気づいていない小さな秘密がある。それは、父なる神を包むマントの曲線が人間の脳の形をしていることだ。いや、脳の断面図と言ったほうがいいかもしれない。さらに、神の両脚と天使たちは、脊椎へ繋がる神経の運びをたどっている。

これらの配置は、サント・スピリト病院で解剖をしていた時に何度も観察することができたから、よく覚えていた。この方法で、神は超越した精神を備えた存在であることを表現し、何にもまして、人間が神の姿によく似た被造物であることを示したかったのだ。

「エヴァの創造」と「楽園追放」の場面に込めた描写のすべてが、今なお際立っているのには驚きを覚える。まどろむアダムの肋骨から生まれた女性の柔らかさ、悪魔に誘惑される前の彼らの輝くような力強い肉体、一転してエデンの園の追放時の醜く絶望に歪む彼らの顔。

時折、自分でも、こんなに多くの要素、様式、技法、比率、意味などをどうやって同時に調整できたのかと信じられない気持ちになる。まるで、精力的な画家が一〇年で生み出す絵の数に等しいものを、四年で描き上げたようだった。絶え間ないイメージの洪水の中に完全に浸り、考えられないようなスピードでそれらを描いていった。しまいには、完全に空っぽになっていた。

五人のシビュラ（巫女）と七人の預言者は、中央帯を取り囲む区画に交互に描いた。いずれも同じように堂々としており、厳しい顔で神の啓示による預言を丹念に書きとめている。それらは、異教文化においてもヘブライ文化においてもキリストの到来を予知するものだ。彼らのあいだの半円形のルネットには、マタイの福音書に列挙されている順番通りに、イエス・キリストの祖先たちの姿がある。

つまるところ、時をさかのぼって神との出会いを導く重要人物たちを長い通廊に整えたのだ。

これらの絵を描き始める前から、壁面には聖ペテロに続く初期キリスト教時代に殉教した教皇たちの肖像画がすでに存在していた。歴史をさかのぼれば、聖ペテロの前にキリストがいて、その到来は預言者や巫女によって預言されていた。キリストは祖先がいたからこそ誕生し、また、祖先たちは、天地創造のあとで神から霊感を受けたノアの偉業がなければ決して存在しなかった。

要するに、教皇―聖ペテロ―キリスト―預言者と巫女―祖先―ノア―創世記は、一続きの出来事なのだ。

お前にわしの意図をうまく伝えられただろうか？　たぶん無理だったかもしれないが、昔から言葉にするのが不得手だから仕方がない。

システィーナ礼拝堂に入るであろう信者の大半がこれらの話を知らないままでいるかと思うと、

まったく愉快な気持ちになる。

ここ数年ですでに気づいていることがある。それは、わしの描いた図像を研究する者は無意味なものに興味を持つということだ。壁柱に座ったり、中央のいくつかの場面の四隅でメダイヨン(円形の絵画装飾)を支えたりしている裸体像。これらは、面白いポーズや彫像のような肉体を創作することで気晴らしをしながら、観念的に構築した通廊に雰囲気を与えるために描いたものだ。実際、あれらの裸体像を描く時はあらゆる義務から解放されていた。将来的には最も評価される図像となるに違いない。なぜなら、これといった役割を作る義務もなく厳密な意味を込めることもなく、画家がどのような場面にも配置できる人物像だからだ。心ならずも、裸体像は壁画やカンヴァス画を豊かにする道具となり、早くもヨーロッパ中の教会や邸宅を飾りつつある。

それでもなお、この仕事を終えた時、自分が何を達成したのかを実感していなかった。仕事の労苦でずたずたとなった上に、家族からの要求が重くのしかかっていた……。

言うまでもなく、フレスコ画を完成するとすぐに家族のせいでフィレンツェに戻らなければならなくなった。だから一五一二年一〇月三一日に行なわれた新生システィーナ礼拝堂の除幕式に参加することもできなかった。あとで聞いた話によると、嬉々としたユリウス二世は自慢げに天井画の下を枢機卿一行の先頭に立って歩いたそうだ。いっぽう礼拝堂は貴族や著名人で埋まり、誰もがポカンと口を開けていたという。

おそらく、これでよかったのだろう。自分が注目の的になるのは好きではなかった。それに、その時は別の問題を解決しなければならなかったのだ。

レオナルドよ、お前に話しておかなければならない。出世すればするほど、父や弟たちからの要求は大きくなるいっぽうだった。足場の上で過ごした四年のあいだに、彼らのために土地を買い、叔母が父を訴訟した相続問題を解決し、わしを妬む者が流した凄まじい悪口から身を守ってきたが、何にもまして弟たちを遠くから見守り、可能な限り面倒を見てきた。

どれだけ精神的に張りつめていたかは、このエピソードだけで分かるだろう。

ある日、それは一五〇九年の夏の始まりだったが、ただならぬ出来事が起こった。お前の叔父ジョヴァンシモーネが金銭問題で父を脅したのだ。わしは激怒した。もしフレスコ画から離れることができたなら、すぐにでも馬を飛ばしてフィレンツェへ戻り、奴を懲らしめたことだろう。弟は乱暴者だった。父も口うるさく手に負えない人間だったが、親に手を上げるなど許されることではない。弟には厳しい言葉で手紙を書いた。

「俺は一〇年以上もイタリア中を渡り歩いている。あらゆる不名誉を我慢して、どんな貧しさにも耐え、仕事の労苦で身体をずたずたにし、家族を援助するために自分の命を削ってきた。そして、ようやくその成果が現われ始めた今、お前はすべてを壊し、俺が長い時間をかけて苦労して築いたものを一瞬でだいなしにしようとしている。もし必要なら、俺はお前の一万倍は暴力的になれる。少しは考えろ、他の苦難も背負っている俺のような人間を怒らせるな」

その出来事のあと、ジョヴァンシモーネはポルトガルへ発った。三年が過ぎると、すごすごと家に戻ってきて、わしがお前の父と叔父のシジスモンドのために開いてあげた商店で働くようになった。

その時、分かったのだ。わしの本当の才能は、手の中だけでなく、何より頭の中にあるということに。あらゆる難題を解決するため、どうやって冷静さを保つことができたのか、いまだに分からない。仕事への情熱が、耐える力を与え、絶え間なく決断を迫られた時を支えてくれた。時折、一〇人分の人生を生きているかのように思えた。けれども、現実にはますます孤独になるばかりだった。

14

人生のこの節目で、認めよう。わしには常に自分が実現できうる以上の仕事を受けてしまう悪癖があった。しかし、それは貪欲さからではなかった。何にもまして全能感を持っていたからだった。

こんな生き方をした彫刻家は他にもいたが、わしの場合は一人で全部できると過信したことが状況を悪化させた。これまで自分の彫刻を他者にゆだねたことは滅多になかったが、そんなことをした時には苦い思いで後悔した。けれども、やがて、その思い上がりが自分を実に厄介な状況に追い込んだ。特にシスティーナ礼拝堂の天井画を完成したあとは、身体がずたずたとなっていたのに自分の能力がかつてないほど大きくなったと信じて疑わなかった。もし誰かが望むなら、一つの都市を築いて美しく飾ることさえできると思っていたんだ。

これまでの道のりで、今思えば幸運だったのか災難だったのかは分からないが、野心的で抜け目のない教皇たちに出会い、どんなことにも挑戦したいという欲望を掻き立てられた。残念ながら、結果は予定通りにいかないこともあった。だが、それは、わしのせいではなかった。事業への着手、中断、再開、度重なる計画変更を強いられ、しまいには完成させられなかったことが度々あったんだ。ひどく落胆したものだった。

五〇体以上もの彫像の依頼をため込んでいた一五一六年前後の状況を見れば、分かるだろう。フィレンツェのドゥオーモの一二人の使徒像、ユリウス二世の墓廟を飾る四〇体の彫像、それに加えてフィレンツェのサン・ロレンツォ聖堂のファサード、これについてはまたあとで話すことにしよう。

これらのすべてを一〇年以内に完成させなければならなかった。

実質的にたった一人で。

これを狂気と呼ばずして、何と言えばいいのだろう?

愛するレオナルドよ、それでも、結果として、すべてが自分のせいだとは思えない。依頼人の誰にも、決して断われる立場にはなかったんだ。いったい誰が教皇に仕えることを拒否できたというのだろう? お前も知っての通り、わしが断わろうとした時でさえ、結局はそれを撤回せざるを得なかったじゃないか。

システィーナ礼拝堂の除幕式後、ユリウス二世は、事業資金を融資していたドイツの銀行家フッガー家に二〇〇〇ドゥカーティ金貨をわしの口座へ振り込むよう命じた。五年以上も経ってから、ようやく教皇の墓廟事業を進めるに必要な資金を得たのだ。墓廟の仕事に戻って彫刻の仕事を再開できることを心から幸せに思った。少なくとも五年は捧げるつもりだった。

だが、墓廟の構想はいつも突然の変更を受ける運命にあった。

一五一三年二月二一日、ユリウス二世が崩御し、わしは悲しみと失意のどん底に突き落とされた。あの頃に実現したものはすべて教皇のおかげだった。威厳ある人格、物事の本質を見極める能力、とりわけ強い意志、彼には誰一人として何の異議も唱えることはできなかった。教皇のために構想した墓、古代ローマの皇帝以来最大の墓廟はどうなってしまうのだろう?

これが気がかりで、眠れぬ夜が続いた。

その後、教皇の相続人たちが面談を求めてきた。「ミケランジェロ、我々は天に召された伯父上から墓を完成させるよう委任された」と、彼らは言った。

空を見上げた。信じられなかった。計画は無事に遂行されるんだ!

「しかしながら、お前には計画の変更を頼まなければならない。あまりにも巨大過ぎるからだ」と、つけ加えた。

何だって? 小さくしたら、あの記念建造物はユリウス二世の栄光を称えることができない。中途半端な作品になってしまう。拒否しようと思ったが、サン・ピエトロに置き去りにされた多くの大理石、リーパ・グランデの港に残された数々の石塊、そしてカッラーラでいまだ出荷を待つ石について考えると、妥協するほうが得策だという結論に達した。

自分でも驚いた。被害を最小限に抑えて交渉する能力を存分に発揮できたからだ。墓廟は、側面の一つを丸ごとなくし、壁を背にして配置することに決まったが、それでも彫像のすべてを保つことに成功した。納期ももっと先へ延ばし、七年以内に墓廟を完成させることになった。そのあいだは他の仕事を受けないよう約束し、一万六五〇〇ドゥカーティの報酬を取り決めた。言わせてくれ、仰天するような金額だ。だが、納期を守りたければ、これから先は食事をとる時間さえもないことが分かっていた。お前も知っての通り、そんなことはちっとも気にならなかった。それどころか、ますます意欲が湧いてきたんだ。

ちょうどこの頃、今の家に越してきた。ユリウス二世の甥たちが提供してくれた住まい兼仕事場だった。この五〇年あまり、何も変わっていないのは確かだ。もっと広い家がほしいと思ったことはなかった。わしと助手のための二つの寝室、今、口述筆記している食堂、そして貯蔵用の倉庫があれば、それで十分だった。ここにいる時、自分がまるでガラス瓶の中の精霊、あるいは骨の髄であるかのように感じる。より快適な家に暮らすことは可能だったが、何の不自由もないこの家から出たいと思ったことはなかった。実際、贅沢に惹かれたことは一度もなかった。それどころか、そういう類いのものに嫌悪感さえ持っている。高価な織物や金の縁のついた鏡もなく、寒さをしのぐ数枚の毛布とへこんだ銅の容器とすり切れたわずかな衣服しか持っていないが、ここで十分快適に過ごしている。わしはラファエッロのような人間ではない。奴は成功すると間もなく、豪邸を築き、そこで宴会を開き、色事の密会をし、枢機卿や銀行家や教皇たちと会合を開いていた。わしと話したい者や仕事の依頼をしたい者は、ここを訪ねてくればよかった。

この地区に暮らすことを一度も恥ずかしく思ったことはなかった。ここは常にローマ人から公衆便所のように扱われ、誰も彼もが他にゴミ捨て場を思いつかないかのように、猫の死骸やありとあらゆる種類のゴミを捨てている。この地区が、マチェル・デ・コルヴィ（カラスの虐殺という意味）と呼ばれるのは偶然ではないのだ。

この家に大理石を運ばせた。すでに粗彫りしていたものとまっさらのものだ。「囚われ人」の彫りを進め、「モーセ」の造形を始めた。時間が止まって静止していた二つの裸体像に夢中で官能性を込めると、次は「ダヴィデ」と同じくらいの力強さを持つような彫像を創作する番だった。座っている姿を思い浮かべた。腕の下に十戒の石板を抱え、身体のねじれに沿って胸の上で曲がりくねる髭を片手で触れている。突然、顔の向きを変えたようだ。何かに引きつけられ、目を見開いて怒ったような視線で見つめている。左の膝はうしろへ下がり、今にも立ち上がってこの場を去ろうとしている。

レオナルドよ、お前が信じるかどうかは分からないが、わしはこの像といまだに折り合いをつけることができないんだ。こんな言い方をすると、自分が彫ったものではなく、まるで生きている人間のことを話しているように思うだろう？　時折、家の近くのサン・ピエトロ・イン・ヴィンコリ聖堂までこいつを見に行くと、なぜ喋らないのか不思議に思ったりもするんだ。

ほぼ三〇年も引きずってきた仕事だった。というのも、墓廟制作にはとてつもなく長い経緯があったからだ。人生のさまざまな場面で多くの時間をともに過ごし、仕事に取りかかろうとする度に必ず変更が生じた。

まさかモーセの顔を横向きにしなければならないなんて、最初は思ってもみなかった。見る者をこんな風に無視する彫像なんて、これまでなかった！　この作品は周囲を廻って鑑賞するものではないが、それでも、モーセは観者から視線をそらしている。誰も彼の目を見つめることはできないし、注意深く観察することはできないんだ。

彫り始めて数年が過ぎたある日、大理石の中に醜い筋があるのを見つけた。お前も知っての通り、こういう場合の石はもろくなり壊れるリスクが高くなる。残念ながら、ノミを打つ際に左の前腕が崩れてしまい、補修のための解決策を見つけざるを得なくなった。彫像の左側全体を後退させるより他に方法はなかった。

絶望したよ。これで彫像は完全にバランスを失ってしまうことになるからだ。

友人が助けに来てくれた時の救われたような気持ちを、まるで昨日のことのように思い出す。友はわしが何に苦悩しているのかも知らずに自分の意見を言ったんだ。頭を横に向けたら、もっと表現豊かになるだろうと。

すごいアイデアだ！　この方法で問題を解決できるはずだ。

だが、どうすればいい、すでに髭は彫ってあり、それを横向きにするのに十分な石がないとすれば？　最初からやり直すつもりはなかった！　その時、指を使って髭を押さえることを思いついたんだ。そうすれば、頭の動きはいっそう強調される結果となる。単純な身ぶりだが、今なお、もう一度言わせてくれ、天才的発想だ。

ダヴィデの顔のように、額の眉をひそめ、目をくぼませた。これまでの聖像には決して見られなかった厳しい顔を表現できたと思う。そして彼の内に潜む力は、まるで火山が噴火する寸前のように暗示するだけにした。わしのモーセはシスティーナ礼拝堂の天井に座る預言者たちに似てはいるが、大理石は彼をはるかに生き生きとさせ、迫真感を出している。ほんの少し光がかすめただけで、波打つ髪は震え、陰影の効果を生み出す。これはいかなる方法でも絵画では得ることはできない。

この出来栄えにあまりにも興奮していたため、新たに教皇から召喚された時、まるでコイトゥス・インテルプトゥス（ラテン語でセックスを中断すること）のように感じたものだ。

*

今度の召喚はジョヴァンニ・デ・メディチ、ロレンツォ・イル・マニフィコの息子だった。ユリウス二世の死後、レオ一〇世という名で教皇に登位して二年が過ぎていた。わしとは同い歳だった。少年の頃、彼の父親の宮廷にいた時代からの知り合いで、あの当時からすでに聖職者の出世街道を歩んでいた。ロレンツォは、死の少し前、わずか一六歳だったジョヴァンニを枢機卿の地位に就けるのに成功していたのだ。ジョヴァンニは、教皇になる前もあとも常に虚弱体質だった。イタリアでは、コンクラヴェ終了時に彼が公言した驚くべき言葉が広まっていた。「神が余に与え給うた教皇の座を大いに楽しもうではないか」
小太りで、いつも少し汗をかいていて、見るからに身体が弱そうで、これほどユリウス二世とかけ離れた男はいなかった。軍隊は動かしたものの、この男の戦場の姿など見ることもなかった。しかしながら、前任者同様、自分の道を邪魔するものは決して容認しなかった。だからお前も想像できるだろう、自分に仕える者からの拒絶や優柔不断な態度は決して受け入れなかったんだ。わしのように著名で多忙な彫刻家さえも同様だった。

彼の関心は、もっぱら、豪奢な祭典、へとへとになるほどの祝宴、記憶に残るような舞台興行や装飾などに集中していた。少なくとも表面上は、ローマはまるで黄金時代に戻ったかのようだった。いかなる公式行事においても、必ず人々を驚嘆させるような舞台装置を細部まで構築しなければ気がすまなかった。

フィレンツェでも同じことをした。一五一五年一一月、レオ一〇世はフランス王フランソワ一世と会談するためボローニャへ向かう途中、出身地の栄誉を受けるためフィレンツェに滞在した。この町は、教皇選出後すぐにメディチ家の支配に戻っていたんだ。教皇のフィレンツェ入城は壮麗な祝典で迎えられ、サン・ロレンツォ聖堂の前には間に合わせで作った凱旋門や彫刻、ヤコポ・サンソヴィーノらによる木製のファサードが飾られた。

その教会こそ、メディチ家が代々資金をつぎ込み整備してきた、いわば一族の巨大な礼拝堂だった。特に老コジモが熱心に取り組み、その一〇〇年前に、ブルネレスキ設計による聖具室と見事な身廊を完成させ、教会の拡張工事を終えていた。あいにくファサードを完成させることはできず、飾り気のない裸のままで、まるで木枠が画布を張って有能な画家に絵を描いてもらうのを待っているかのようだった。

サン・ロレンツォ聖堂の問題は、完成のために巨額の費用と高度な技術力が要求されることだった。この大事業に敢えて取り組もうとする者は誰もいなかった。

一五一五年のあの日、レオ一〇世は、パレードのために作られた一日限りのファサードの前を通った時、永続的なものを建設したいという欲望にとらわれてしまった。疑いなく、意欲と必要な資金を集める力に不足はなかった。もし運命さえ寛大であったなら、うまくいったのかもしれない。その時点では、四〇歳という年齢も考慮して、レオ一〇世の時代は永遠に続くかのように思われていた。

教皇は、自らが枢機卿に任命した従弟ジュリオ・デ・メディチの協力で、著名で人気のある建築家を巻き込みながら、コンクールを開くことにした。お前が想像しやすいように言うと、ジュリアーノ・ダ・サンガッロや、ブラマンテの死後にサン・ピエトロ大聖堂造営主任建築家に任命されたラファエッロも参加要請を受けていた。

そして、それから、わしも参加するよう呼ばれた。

レオナルドよ、正直に言うなら、建築家でもないのに、どうしてレオ一〇世に呼ばれたのかが分からなかった。人生において、自ら望んで手に入れようとしたわけでもないのに、自分の興味からかけ離れた仕事を受けることが度々あった。この時もそうだった。教皇の使者にこのような壮大な事業を完成させる能力は自分にはないことを説明したが、教皇の考えを変えさせることはできなかった。ひょっとしたら、ジュリアーノ・ダ・サンガッロが突然死んでしまったことから、コンクール参加者に少なくとも一人はフィレンツェ人がほしかったのかもしれない。

そういうわけで、わしは勇気を出した。とりわけコンクールで勝った場合に得ることになる報酬を考えながら。そして、しっかりした助力の必要性を感じたため、建築家バッチョ・ダニョーロと組むことにした。残念ながら、この時もまた考え直さなければならなかった。バッチョはファサードの木製モデルを作り上げたが、わしはまったく気に入らなかったんだ。結局、いつものように、自分で最初から設計せざるを得ず、それを教皇の審査にゆだねることにした。

斬新さで、コンクールに勝った。

わしのファサード案はレオ一〇世を驚かせた。なぜなら、それが、後方にあるブルネレスキ設計の教会建築をまったく考慮しない唯一のものだったからだ。フィレンツェで最も古い教会の三角形（水切り傾斜部分）のデザインを無視して、大がかりな舞台装置のように、多くの壁龕や円柱や彫像で装飾された大理石の壁を重ねるという案だった。それは古代ギリシアの神殿の優美さ、加えて洗練された異教文化を思い起こさせた。教皇がそういうものに魅了されていることをわしは知っていたのだ。

早い話、わしは競争相手を総崩れさせ、四万ドゥカーティの契約を交わし、八年以内にファサードを完成させることになった。レオナルドよ、少し計算してみろ、一年に五〇〇〇ドゥカーティを稼ぐことになるんだ。これ以上、何を望めるというのだろう？

当然ながら、再び犠牲となったのはユリウス二世の墓廟で、二度目の中断となった。

誰にも言ったことはなかったが、あの時、ある疑惑が頭をかすめた。墓廟の仕事を放棄させるために、教皇はわしを勝たせたのではないかと思ったんだ。ヴァティカンの大聖堂内に前教皇の壮大な記念墓廟を置くことは、現教皇にとってはちっとも喜ばしいことではなかった。

いつものように、偉大な人間の小さな嫉妬心に仕事はつぶされたのだ。

とはいえ、サン・ロレンツォ聖堂のファサード建設に取り組むことには大いに興奮した。前金を受け取るとすぐに、大理石を手に入れるためカッラーラへ向かった。

石切り工たちは最大の敬意と気配りで迎えてくれた。その時の発注額は彼らの数年分の稼ぎを保証するものだったんだ。採石場を何箇所も歩き回り、石塊を選び、どの岩壁や斜面から石を切り出すかを指示し、契約書にサインして内金を払った。

ところが、再び計画を変えなければならない羽目に陥った。いつものように突然で、わしのせいではなかった。

彼らと様々な取り決めをしていた時、カッラーラの採石場を放棄しろという指示がローマから届いた。レオ一〇世はピエトラサンタに同じくらい美しい大理石があるという情報を得ており、そこの山々はフィレンツェ領に属するという利点があった。「ミケランジェロ、現地へ行って確かめてきてくれ。そして、ファサードにふさわしい良質の大理石が採れるかどうかを報告してくれ」と、教皇からの手紙に書いてあった。

セラヴェッツァまで行き、そこから山の岩壁をくまなく調べて、石を評価した。事実、よい品質だった。ただ一つ問題があった。石を海まで運ぶ道がなかったのだ。森や谷、起伏の多い道のりは、人が山に登るのも難しく、いかなる石塊も降ろすのは不可能だった。残念に思いながら、それを教皇に伝えた。

「そんなことはどうでもいい」と、教皇は決然と答えた。「大理石の質がいいなら、フィレンツェへ運ぶ方法を見つけろ。必要なら、お前が道を作ればいい」

道を作る？　愛する甥よ、また同じことの繰り返しだった。画家ではなかったのに巨大なフレスコ画を描くよう依頼され、建築家ではなかったのに教会のファサードの建設を任され、そして今また、山の中の崖が切り立った岩壁に道さえも作らなければならなくなったのだ。どこから手をつけていいかも分からなかった。

カッラーラの石切り工らの反応がどんなものだったかは、むろんお前も想像がつくだろう。突然、わしは裏切り者へと変わった。彼らはあらゆる手段を講じて妨害し、わしとピエトラサンタの同業者らの関係を壊すため、悪質な噂を広めて誹謗中傷した。さらに、ユリウス二世の墓廟用にすでに買いあげてカッラーラの海岸にとどまっていた石塊を転売するに至った。短期間で、昨日まで彼らがおだてていた上客は敵となったのだ。

だが、わしは筋金入りの頑固者だ。やる気を失うことはなかった。あの山の道をいったいどうやって切り開くことができたのか、いまだによく分からない。何百本もの木を切り倒したあと、地面をつるはしで叩きながら山を望む形に変えていった。これまで成し遂げたことのなかった最も壮大な事業だ。いかなる彫刻よりも称賛に値する。自然と一対一の戦いをして、ついにわが意の下に従わせたのだ。

このおかげでセラヴェッツァでは純白の大理石の生産が始まった。石塊を切り出し、その場で直接、アーキトレーヴ（扉などの開口上部にある長方形の帯状装飾）や細いコーニス、円柱を粗彫りした。それから、留め金と縄で滑車のような巧妙な仕組みを作って、谷への運搬手段を整えた。あらゆる動きに最大限の注意を払う必要があった。

ある瞬間の情景が目に焼きついて離れない。円柱から留め金の輪が外れ、海まで届くような大音響をたてながら谷間へ転げ落ちていった時のことだ。わしは奇跡的に無事だった。しかし、運悪く若い作業員が一人、命を落とした。恐ろしい瞬間だった。失った命への悲しみに加えて、わしに対してすぐに非難の言葉が投げつけられた。あの仕組みがきちんと機能しなかったのなら、それはわしのせいだった。ただ、わしだけの責任だ。せめて、あの命の犠牲が何かの役に立ったのなら、まだ浮かばれたのに！

愛するレオナルドよ、なぜサン・ロレンツォ聖堂に大理石のファサードがいまだにないのか、不思議に思うだろう。

お願いだから、笑わないでくれ。

これだけの大騒動と苦労と精神的緊張を経験したあと、教皇はファサード建設への興味をなくした。彼のように怠惰でわがままな人間にはあまりにも費用がかかり骨の折れる事業だということが表面化しつつあったからだ。問題や心配の種になるような契約から逃れようとしたんだ。そして、事業の継続が難しいと分かった時、わしに中止するよう求めた。

とどめを刺したのは、教皇の突然の死だった。一五二一年一二月一日、切り出した五つの円柱のうち一つだけフィレンツェに届いていた。残りは海岸に残されたままだった。この一〇年間、ただの一つもなんてことだ！　わしはまるで風に左右される船のようだった。仕事をやり遂げることができなかった。心が壊れそうだった。

だが、ありがたいことに、まだユリウス二世の墓廟のための彫刻があった。セラヴェッツァにいるあいだに他の「囚われ人」を彫るための石塊がフィレンツェに届いていたから、わしはその仕事を始めた。同時に四つの造形に取りかかった。大理石を粗削りして、石の中からねじれた身体や曖昧な表情を持つ彫像を取り出し始めたんだ。

レオナルドよ、確かに、わしは「彫像を取り出す」と言った。もうすでに説明したことだが、覚えてるか？　あれらの人物たちは大理石の塊の中にいたんだ。わしはただそれを見つけて表に出してあげるだけでよかった。石の内側からわしを呼び、ノミの力で外へ出ることを求めていたんだ。あいつらは今もなおモッツァ通りの家にいる。お前に残そう、たくさんの素描とともに。あいつらを見たら、お前は、わしに完成させる時間がなかったことに気づくだろう。そんなことはまったくどうでもよかったんだ。

一五二〇年代以降、もう二度とあいつらに手を加えなかった。岩の中から姿を現わす瞬間の姿、未完成のままが好きだったんだ。あいつらのねじれたポーズは摩訶不思議な雰囲気を最大限に高めていた。「ピエタ」や「ダヴィデ」とはまったく異なる彫像たちだが、それでも、あいつらには大きな個性がある。一人は目覚めているように見え、もう一人は頭がまだ岩の中にあり、まるで宇宙を支えて押しつぶされたアトラスのようだ。あとの二人は髭のある老人と若者で、両者ともよりはっきりした形を持っているが、この世に誕生したばかりのように見える。彼らの閉じた目はまだ目覚めていないことを示している。大罪を犯すリスクはあったが、神が人間を造ったように、わしが彫像に命を与えるという考えが好きだった。

けれども正直に言うと、あいつらを制作途中で放置した。なぜなら、そのあいだに突然新しい仕事の依頼がやってきたからだ。もはやユリウス二世の墓廟が日の目を見ることはないだろう、そう確信した。

レオ一〇世は、死の前から、ヌムール公だった弟のジュリアーノとウルビーノ公だった甥のロレンツォの遺体を収めるために、サン・ロレンツォ聖堂に新しいメディチ家礼拝堂を造ることを望んでいた。教皇は彼らを深く愛していただけでなく、ローマ・カトリック教会の権力を強固にするため二人を頼ってきた。それなのに、神は彼らをずいぶん早く天に召してしまったのだ。

礼拝堂はブルネレスキの聖具室の前に建てる予定で、教皇の死が不意に訪れた時、やっと草案ができたばかりだった。

けれども、メディチ家の幸運はまだ終わっていなかった。レオ一〇世の崩御からわずか二年後には、その従弟が教皇に選出され、クレメンス七世の名で登位したのだ。彼は、ジュリアーノとロレンツォの墓の制作をあらためて承認し、フィレンツェでは隊長と呼ばれていた二人に加えて、ロレンツォ・イル・マニフィコとその弟ジュリアーノの石棺を作ることも命じた。二代にわたるメディチ家の人間が同一の場所で追悼されることは、非常に強い政治的意味があった。

肖像彫刻の依頼が来たのは初めてのことだった。自分のやり方で彫ったが、すぐさまヌムール公ジュリアーノの顔がまったく似ていないと非難された。

「とはいえ、一〇〇年後には彼がどんな顔だったかを覚えている人は誰もいないでしょう！」と弁明した。

レオナルドよ、分かっている、わしはいわゆる謙虚な人間ではない。だが、いつまでも残って賛美され続ける彫刻を彫ったという自信を持っている。その時だけの評価を考えて彫ったことは一度もなかったんだ。

だからこそ、あれらの墓を、みなが期待していたような故人の存命中のエピソードで飾るようなことはしなかった。わしは、そこに埋葬された者たちの物語と記念碑を引き離した。哲学的談話に変えたんだ。

ヌムール公ジュリアーノの石棺には、肖像彫刻の下に、横たえた「夜」と「昼」の寓意像を置いた。前者はまどろむ女性像だ。片手で頭を支え、もう一方の手を背中のうしろに回している。不意に眠気に襲われた時に見られる、かなりねじれたポーズをしている。眠っているのは、世の中の恥ずべきことを見たくも聞きたくもないからだ。彼女に近づいたら、起こさないでとささやく低い声が聞こえるだろう。

「昼」は、見る者に背中を見せている。髭の中の目は厳しい視線を放ちながら観者をジロリと見つめ、まるで人間の弱さを審理するかのようだ。わしは、怒りと軽蔑と復讐心あふれる男性像を通して魂の貧困さに対する訓戒を表現したかったのだ。この彫刻もまた、より劇的にするため一部を未完成のままにした。

ウルビーノ公ロレンツォの石棺には、もう二つ「時」に関係する寓意像を置いた。「曙（あけぼの）」と「黄昏（たそがれ）」だ。前者の女性像は目覚めるところで、官能的でまだうとうとしている。後者の男性像はちょうど横になったばかりで、穏やかで冷静だ。

四つの存在、四つの個性、四通りの方法で男と女の世界を物語っている。メディチ家の権力と栄光を称えることに少しも興味はなかった。二人の故人は、それぞれ墓の上で物思いにふけって座っている。わしは、あの礼拝堂の中で人間の運命についてよく考えてほしかったのだ。予想もできず、しばしば過酷な運命を。わが運命もそうだったように。

わしにはいつも物事を悲観的にとらえて嘆く傾向があったが、それはバッボから受け継いだものに違いない！

だが、あまりとがめないでくれ、愛するレオナルドよ。なぜなら、これらの墓の仕事もまた、難なく事が運んだわけではなかったのだから。ただし、この時は教皇のせいではなく、大きな事件が原因だったことを明言しておく。教皇でない時は、運命が、わしの行く手に立ちはだかったんだ。

一五二七年五月六日、クレメンス七世は、神聖ローマ皇帝カール五世のランツクネヒト（ドイツ人兵）によるローマ劫掠から奇跡的に身を守った。火災、略奪、婦女暴行、血まみれの市街戦。そうしてローマは地獄と化した。フィレンツェにまで恐ろしい話が伝わってきた。教皇聖下はサンタンジェロ城の要塞へ立てこもり、状況が落ち着くのを待った。ローマ劫掠のこだまは、メディチ家復帰を不満に思っていたフィレンツェ共和派の勢力を目覚めさせた。アレッサンドロ公は追放され、新政府が発足し、約一年のあいだフィレンツェを治めた。

わしは曖昧な状況に置かれ、むろん安心することはできなかった。その頃、共和国政府から憎まれているメディチ家の記念墓廟を制作中だったから、最悪の事態を怖れていた。このような突然の政権転覆にはすっかり慣れていたため、メディチ派に対する報復行為に巻き込まれないよう、仕事から遠ざかることを決めた。

幸いにも、ブオナッローティ家が伝統的にグエルフィ党派（教皇派。皇帝派と対立する党派）だったことが有利に働いた。新政府はわしを再び召喚し、まったく異なる仕事をゆだねた。

彼らが望んだのは、彫刻でも建造物でもフレスコ画でもなかった。フィレンツェを取り囲む城壁を増強させることだった。町を守らなければならなかったのだ。ローマから皇帝軍が再び動き始め、教皇はフィレンツェ奪回の攻撃を企てていた。かつてレオナルド・ダ・ヴィンチにも同じことが起こったように、わしも専門や才知を生かした軍事技術者として共和国政府に仕えることが求められた。誇らしく思った。ダ・ヴィンチは実現不可能な構想をし、ピサ制圧のためアルノ河の流れを変えることまで考えたが、わしはもっと簡単で実行可能な方策にとどめた。

フィレンツェの要塞で最も攻撃されやすい地点の一つは、サン・ミニアートの丘だった。鐘楼を守り、敵の侵入を少しでも遅らせるため、羊毛のマットレスをたくさん集めて強靱な縄で結び、夜のうちに吊り下げて、頂上から地面まで攻撃を受けそうな部分を覆った。城壁を覆うマットレスは、敵の放つ大砲の威力を弱めるに十分だった。

今では無益な対策のように思えるかもしれないが、三〇年前にはなかなか効果的な防衛方法だったんだ。教皇軍は城壁を越えることはできなかった。そしてその後フィレンツェに入ることができたのは、ただひとえにまだ残っていたメディチ派の徒党の手引きがあったからだ。

共和国政府はたちまち一掃された。フィレンツェは前代未聞の暴力行為で侵されてしまった。家宅捜索を受け、わしはしばらく隠れて過ごした。

嫌疑をかけられる怖れのないサン・ロレンツォ修道院長ジョヴァンニ・バッティスタ・フィジョヴァンニが助けてくれたんだ。彼はよく知られたメディチ支持者で、過去にはわしとそれほど分かりあえた仲ではなかった。けれども、逮捕と確実な公開処刑から救ってくれた。権力に返り咲いたメディチ派の目には、わしは無節操な人間に映っていた。修道院長は絶対に捜索される怖れのない場所を提供してくれた。それは、まさにメディチ家の菩提寺、サン・ロレンツォ聖堂、メディチ邸のすぐそばだった。わしが仕事をしていた礼拝堂の床には上げ蓋があり、地下室に続いていた。そこに身を隠したのだ。幅一〇フィート（約三メートル）、長さ三〇フィート（約九メートル）の大きさで、窓はなかった。ろうそくの灯だけが頼りの狭い通路のような穴の中で、自分の運命が尽きるのを待った。

わしがどんな気持ちだったか想像してみてくれ。窮屈な空間の中に閉じこもり、仕事もできなければ、誰とも連絡をとることができなかった。あの長い日々のあいだ、暗闇の中では時間の感覚を保つことができず、毎日が同じように過ぎていったが、地下室の壁に張りつき、壁を紙葉に見立てて、炭になった燃え木を使って素描を始めた。女性の足や横顔、寝そべった人たち、ねじれた身体や腕や脚。いつの日かどこかで彫るかもしれない人物像を思い浮かべて壁の上に描いた。しだいに、そこから出られるという望みを失っていった。

ある日、わしに食べ物を運びながらフィレンツェの最新状況を知らせてくれていた徒弟のアントニオ・ミーニが、地下に下りる際に勢い余って転げ落ちそうになった。

「マエストロ、教皇聖下が貴方様の消息を尋ねているという噂が流れています！」と、喜びでいっぱいの大声で言った。「ついにこの穴ぐらから出ることができるのです！　もう何も怖れることはありません」

どうやら、わしの最期の時はまだ来なかったようだ。

教皇は、軍の司令官にわしを自由にして聖具室の仕事の続きをさせるよう指示した。それから数ヶ月でメディチ家礼拝堂の彫像を完成させると、永久にここを立ち去ることを決心した。フィレンツェでは激しい政治闘争が続いており、わしは党派から党派へと振り回されていた。ただ一つの望みは彫刻を彫ることだけだったのに。

15

ローマへ越す前に、バッボが死んだ。八八歳だった。

いいか、レオナルド、父と同じ年齢になった今、わしはようやく父との関係を穏やかに見つめることができるようになった。誰もがそうだが、人は、死によって引き離された時に初めて、その人との関係を異なる目で見ることができる。時は、辛かったことを消し去り、よい思い出だけを残してくれる。本当を言うと、父が生きているあいだ、憎んだことは一度だけではなかった。その憎しみは、父の愛情に満たされていなかったことから生まれたものだ。父は、わしの自尊心を傷つけ、経済的援助を求めることしかしなかった。そして、弟たちもそんな父から学び、同じことをした。だが、わしは彼らに対する義務から逃れたことは一度もなかった。どこにいようと、彼らに金を送り、助言を与え、自分の成功や抱えていた問題を知らせるために手紙を書き、いつもわしを身近に感じてもらうように努めた。たとえ受けとった返事が泣き言だけだったとしてもだ。他の誰にもこれほど我慢したことはなかった。今ようやくその理由が分かるような気がする。長いあいだ、家族が唯一愛することのできる者たちだと感じていたんだ。わしはいつでも依頼人、助手、業者、ライバルたちに囲まれていた。しかし、彼らは仕事や金、業務だけで繋がっていた存在だった。

たとえ、家族から届くのが絶え間ない金の無心と援助の要求だけだったとしても、それは、わしがどんな時でも当てになる、決して裏切らないただ一人の人間だったからだ。わしの行為は、家族と繫がるという無欲の愛情から生まれたものだった。バッボを助けることは、人生と折り合いをつける唯一の行為だった。というのも、父に対して見せた寛大さは、仕事で他人を冷ややかに扱っていたことを償う行為だと思い込んでいたからだ。家族との関係は、説明するのが難しい。実際、自分の身体に同じ血が流れているからといって、それが何なのだろうと思う。父への寛大さは、わしを愛してくれる者がいると思える、たった一つの方法だったのだ。たとえ父なりの愛し方しか見せてくれなかったとしても。

それ以外では、わしには実にわずかな友人しかいなかった。

常に頼りにできたフランチェスコ・グラナッチを別にすれば、同業者の中で誠実だった者はたった一人しかいなかったが、それも最後の最後までとはいかなかった。セバスティアーノ・ルチアーニを知ったのは、彼がヴェネツィアから銀行家アゴスティーノ・キージに連れられてローマに着いたばかりの頃だった。

その若者は、絵画より先に音楽によって町中を魅了していた。リュートを奏で、卓越したマドリガーレ（一六世紀に栄えた世俗歌曲）を素晴らしい声で歌った。それはヴェネツィア貴族の宮殿で培ったものだった。明るい性格と慇懃（いんぎん）な作法のおかげで、枢機卿、貴族、教皇の心をつかみ、クレメンス七世から威信ある任務を受けたほどだった。教皇書簡に鉛（ピオンボ）印章を捺印する役職に任命されたのだ（このため、セバスティアーノ・デル・ピオンボという通称が生まれた）。つまり、教皇聖下が署名したすべての書簡や書類は、公式印を管理するセバスティアーノの手を通っていたわけだ。この役職には法衣を着用する義務があった。

今なお、それを知らせる手紙を覚えている。あいつは楽しげだった。「ミケランジェロ、もし修道士の格好をした僕を見たら、きっと笑うだろうね。僕はローマで最も美男の修道士だ。こんなこと、まったく想像もしてなかったよ」

レオナルドよ、わしだって想像もしなかった！　あいつは実に享楽的な放蕩者だったのだから！

とある時期まで、忠実な仲間でもあった。システィーナ礼拝堂の天井画を描いていた時、誰もがわしを苦しめたが、あいつは数少ない味方の一人だった。

あいつが作品を制作する折には何度もアイデアや図案を提供してあげた。今はヴィテルボにある美しいピエタの板絵を思い出す。わしは聖母のポーズを助言した。両手を合わせて祈るしぐさの聖母は力強く、地面に横たわるイエスはサン・ピエトロでわしが彫ったものより硬い。だが、セバスティアーノの暗く冷たい色調が絵を悪夢の光景に変えた。

まったくもって太刀打ちできない。ヴェネツィアの画家たちは世界のどこにもないような色彩の調合を知っているのだ。

セバスティアーノの色彩のアイデアは、わしもいくつかシスティーナ礼拝堂のフレスコ画で使った。たとえばシビュラたちのまとう衣の鮮やかなオレンジ色、玉虫色の緑、そして、言うまでもなく「最後の審判」での地獄の焔の色だ。

セバスティアーノとのあいだには、仕事と友情の境界線、つまり公私の区別がなかった。ラファエッロに対して共同戦線を張ったこともある。彼ら二人は、ルンガラ通りにある銀行家アゴスティーノ・キージの邸宅で隣に並んで仕事をしたことがあった。だが、互いに嫌っていた。

ジュリオ・デ・メディチ枢機卿が、自身の名義教会だったフランス、ナルボンヌの大聖堂の祭壇画制作をめぐって、セバスティアーノとラファエッロを対決させたことがあった。

「ミケランジェロ、君の助けがなかったら、ラファエッロに勝つことなんてできやしない」と、セバスティアーノが悲嘆にくれて言った。「ラファエッロは、今や最も称賛されている画家だ。教皇居室の間を装飾しているし、サン・ピエトロ大聖堂造営主任建築家にも任命された。枢機卿やローマ貴族のご婦人方はみな肖像画を描いてほしいと思っている。彼に比べると、僕なんて初心者のようなものだ」

この言葉はわしの心に深く突き刺さった。単なる助けを求める友人の声というわけでなく、この対決がわしの芸術への愛を刺激したからだ。ウルビーノ出身のあの若造に恥をかかせるためなら何でもするつもりだった。ローマで長年仕事をしていたすべてのマエストロから名声を奪い、何にもましてあの美しい微笑みと人を魅了する厚かましい能力を使ってローマを征服したかのようだった。わしとは完全に異なる人種だった。わしは一人で仕事をするのが好きで、周りにはわずかな人間しかいなかった。しかし、あ奴は弟子たちと息のあった工房を作り上げ、まるでシナゴーグ（ここではユダヤ人の共同体の意）の王子のようだった。

わしはセバスティアーノのために、対決のための絵「ラザロの蘇生」の作中人物のいくつかを喜んで素描してあげた。ラファエッロは、わしのかかわりを知ると、この対決に穏やかではいられなくなった。わしを怖れていたんだ。

わしが特に精力を傾けて描いたのは、復活したラザロの姿だった。解剖学を駆使した力強い肉体でありながらも、墓の中で何日も遺体として横たわっていた身体であるように注意を払って描いた。ゆっくりとした動作で遺体を包んでいた麻布（あさぬの）を解こうとしている姿を想像し、生き返ったことへの驚きと感謝、キリストの命令への服従を表現するように努めた。セバスティアーノは、ラザロをそれまで埋められていた土と同じ色で塗った。わしにはとてもこんな色は出せなかっただろう。

セバスティアーノとわしは、最強のペアだった。

「セバスティアーノ、頼むから」と助言した。「ラファエッロの絵が完成するまでは、この絵を誰にも見せるなよ。奴を有利にしたくはないだろう！」あの抜け目のないウルビーノの画家に油断してはならなかった。

この対決が実際に行なわれなかったのは残念なことだ。なぜならラファエッロが絵を完成させる前に突然死んでしまったからだ。いずれにせよ、セバスティアーノの絵はナルボンヌへ行ったが、それは勝利とは言えなかった。

率直に言って、これほど強い友情がどうして壊れてしまったのか、うまく説明することができない。

ただ、覚えているのは、教皇パウルス三世の命令で「最後の審判」の仕事を始める準備をしている時に、セバスティアーノがフレスコではなく油彩で描くように主張したことだ。彼は数年前に同じ技法でサン・ピエトロ・イン・モントリオ聖堂に壁画を描き、よい成果を出したと自負していた。確かな色彩の使い方を取得していた彼は、どのように仕事を進めればいいかをわしに教えられると思っていたんだ。問題は、こっそりと言わずに、公的に論争を繰り広げたことだった。

このやり方は、まったく気に入らなかった。

何ヶ月ものあいだ、作業現場には行かなかった。この論争が落ち着き、どの技法を使うかを決めるのはわしだけだということがはっきりするまで、制作に取りかかるつもりはなかった。天井画の結果が実によかったから、未知の領域で冒険をするつもりはなかった。油彩は女々しい技法のように思えた。しかし、何にもまして、他者の経験や助言に頼ったり、自分が自分の絵を完全に管理できない状況になったりするのを受け入れることはできなかったんだ。たとえ、それが親友の意見だったとしても。

その時からセバスティアーノの誠実さを疑い始め、彼から遠ざかった。

もはやお前も知っての通り、いつでも孤立して完全な孤独の中で仕事をするのは、わしの得意技だった。この件で深く失望したあと、人づきあい、特に同業者に対しては、ますます警戒するようになった。

セバスティアーノによってもたらされた空虚さを埋めてくれた人物が一人だけいる。トンマーゾ・デ・カヴァリエリだ。美しい肉体に高貴な魂を持ち、洗練された蒐集家、素直な弟子、目はしの利く仕事のパートナー。一五三二年頃に知り合った時、彼は二十歳をちょっと過ぎたくらいだった。あまりにも美しく、わしはその魅力にまったく抗うことができなかった。

彼のためにソネット（十四行詩）をいくつか創作した。ペトラルカや激しい愛の詩の手法を真似て書いたものだったが、わしのソネット集の中では最もよくできたうちに入る。彼の優しく思いやりのある物腰から漂う温かさに身をまかせ、彼を見つめ、彼が言葉にしない気持ちをつかもうと、その思いを探ることに熱中した。

時の流れとともに二人の関係は熟していった。カンピドリオ広場の設計で一緒に仕事をし、トンマーゾは「最後の審判」の足場にもわしと登って、その絵筆の痕跡を悪霊の中に残した。彼のそばにいる時、もう昔のように激情に震えることはなかった。けれども、最初の頃は、あまりにも彼という存在の虜になっていたため、三枚の素描を贈ったほどだった。一緒にいない時もわしのことを思い出してくれるような何かを家に持っていてほしかったからだ。

素描の一つには、刺すような鋭いまなざしで怒るゼウスの下で、パエトン（ギリシア神話、アポロンの息子で太陽の戦車に乗るが操縦が下手で地上に大火災を発生させた。助けを求められたゼウスは彼を撃ち落とす）が太陽の戦車から地に落ちるところを描いた。トンマーゾに近づき過ぎたらどんなリスクを負うのか、わしが分かっていることを知っておいてほしかったのだ。

別の一枚には、ゼウスが鷲（わし）に変身してガニュメデス（ギリシア神話、ゼウスの杯を捧げ持つ美少年）を誘拐する場面を想像して描いた。ゼウスはこの少年を愛していた。そして、もう一枚には、ティテュオスがハゲタカから肝臓をむさぼり食われているところを描いた。これは、ティテュオスがアポロンとアルテミスの母レートー（ゼウスの愛人の一人）に欲情して暴力で我が物にしようとしたために受けた罰だ。

これら二枚の素描で、わしは官能をそそる雰囲気をそのまま出したいという誘惑に抗うことができなかった。高齢に達した今、これまで自分がしてきたことを少しも恥ずかしいとは思わない。トンマーゾの魅力に完全に心を奪われていたため、すべてを解放して紙葉に炭筆をすべらせたのだ。ガニュメデスはゼウスにまったく抵抗していない。どうしてだろう？　それどころか、鷲は性愛を思い起こさせるような際どい体勢をとっている。それからティテュオスだ。彼はハゲタカに襲われて絶望する代わりに、ほとんど恍惚とした表情で鳥に脇腹を差し出している。

大いに驚いたことにトンマーゾは素描を正当に評価し、イッポリト・デ・メディチ枢機卿に見せたほどだった。そしてまた枢機卿も非常に気に入り、これらの素描をクリスタルの置物にすることを望んだほどだった。これは、わしの意図が下品になる一歩手前でとどまり、どうしようもなく惹かれるあの若者への思いを美しい素描に昇華させたことを証明していた。

わが甥よ、わしの最良の作品は欲望から生まれたということを、今では確信している。あるいは自分自身への挑戦から、もしくは愛した誰かを満足させることから。これについて疑いの余地はない。

ヴィットリア・コロンナに出会った時にも、同じ情熱を抱いた。ヴィテルボの修道院に入る前の彼女を紹介してくれたのは、トンマーゾだった。彼女は並外れて素晴らしい女性だった。若くして未亡人となり、深く愛していた夫を失ってぽっかり開いた穴をうめたのは、知識人や開放的な精神を持つ高位聖職者とのつきあいだった。彼女の内輪の集まりに迎えられた時、わしは彼らが革新的な思想を討論していることに気づいた。ヒソヒソと声をひそめて、教会改革の必要性について、すべてのキリスト教徒がイエスと直接深く繋がるキリスト教の精神に立ち戻ることがいかに必要であるかを話していた。偉大な知識人たちと何の気おくれもなく討論する彼女の言葉を聞いて、その精神的な強さと知性に心を奪われた。

ひこばえの若者トンマーゾと魅力的で成熟した女性コロンナ侯爵夫人、この二人をどうやったら同じ情熱で愛せるのかと、不思議に思わないでくれ。人間の精神は想像以上に複雑で、心の中には対照的な異なる感情が共存している、そう確信するに至った。この二人に抱いた情熱はごく自然にわしの中に巣くっていき、これまで知らなかった心の動揺をもたらし、それに逆らうつもりもなかった。

トンマーゾには抑えきれない激しい情熱を感じ、二人の肉体が結ばれる夢に昇華させた。ヴィットリアには精神的に隷属し、彼女への絶対的献身を誓った。彼女もまた、わしに詩歌や素描を作る霊感を与えた。

ヴィットリアのために「ピエタ」の素描を創作した。ここでの聖母はキリストの遺体を両脚のあいだに迎え、まるで再び出産するかのようだ、いっぽうキリストは両腕を二人の天使に支えられている。マリアとイエスは同じ中心軸で重なり、天を見上げて嘆く母親と力の抜けた息子の遺体が、カルヴァリオの岩の上、十字架のすぐ下でかろうじて均衡を保っている。

ヴィットリアがこれをとても気に入ったので、しばらくして「キリストの磔刑」も贈った。イエスは息を引きとろうとしている。激しい痛みの中、釘で木にとめられた手を動かそうと、胸を前方に出して身をよじっているが、そこに苦痛の形跡は何もない。本質的に神の子はそれが自らの運命だと知っているのだ。それに比べて、十字架の両側にスケッチした二人の天使は、はるかに打ちひしがれている。

「わたくし、キリストの右側にいるのは大天使ミカエルだと思うの、それがとても嬉しいのよ」と、侯爵夫人は素描を受けとったあとで手紙をくれた。「だって、ミケランジェロがその場所にふさわしいと思うからよ」（ミケランジェロは大天使ミカエルという意味）

レオナルドよ、信じてくれ、ヴィットリアとの関係は純粋で美しく、わしにとって真の精神的糧だった。ある意味、神の恩寵を再認識できたのも、キリストを人間として描く自信をくれたのも、彼女なんだ。それが「最後の審判」で試みたことだった。

＊

そう、あれは冒険だった、わが甥よ！　いつもように障害の多い道のりだった。すでにお前には話したが、メディチ家がフィレンツェに復帰したあと、わしはローマへ戻った。そこではユリウス二世の墓廟彫刻がわしの帰りをずっと待っていた。しかし、教皇の相続人と墓廟の縮小に合意していたにもかかわらず、さらに何年も待たせることになってしまった。

今も暮らすこの家に戻ってきたのは、一五三四年九月二三日のことだった。この日付を忘れることはできない。なぜなら、その二日後に教皇クレメンス七世が死んだからだ。ローマへ戻ったのは、システィーナ礼拝堂に「最後の審判」のフレスコ画を描くよう、教皇が執拗に要求したからだったが、ちょうどその時、この世を去ってしまうという皮肉な結果となってしまった。

落胆する気持ちさえもなかった。もはや仕事の突然の変更や障害にはすっかり慣れていた。すでに壁面の準備は整っていた。ペルジーノが描いていた二つのフレスコ画「モーセの発見」と「キリストの降誕」を消滅させ、同じくペルジーノの祭壇画「聖母の被昇天」も撤去されていた。同じように、約二〇年前にわしが壁の最も高い位置にあるルネットに描いた人物像も抹消されていた。

わしは、ほんの少し傾斜のある壁面を作るよう指示していた。歳月の中で埃が積もらないようにするためだ。足場もすでに築かれ、壁の表面は下塗りされ、すべてがうまくはかどっていた。

もしセバスティアーノ・デル・ピオンボが描写技法の論争を起こさなかったら、おそらく教皇が死ぬ前に描き始めていただろう。

だが、あの日、教皇の死を知らせる鐘がローマ中の教会で鳴った時、わしは、ここ、マチェル・デ・コルヴィにいて、システィーナ礼拝堂は何ヶ月もすべてが停止したままだった。あの仕事が再開されることはないだろうと思った。計画はお蔵入りになるだろうと。

再び墓廟彫刻に打ち込むことにして、「最後の審判」がどういう運命をたどるのかは時が熟すのを待つことにした。

こんな不確かな状況でも、ローマに戻ってきて幸せだった。まだ一五二七年に起こったローマ劫掠の傷口を舐めてはいたが、再建の熱気が、町が受けた苦痛と傷跡を少しずつ消しつつあった。巨大な熱情が感じられる空気があった。貴族たちは宮殿の修復工事を始めていた。たとえばマッシモ家は、七年前のランツクネヒトの襲撃で着のみ着のまま逃げていたバルダッサーレ・ペルッツィをシエナから呼び戻し、カンポ・デ・フィオリに近いパパリス通りの宮殿を再建築しているところだった。フランス人は国民教会の建設に再び取りかかった。新しい修道会がいくつも生まれ、異国の傭兵たちに冒瀆された教会や修道院の装飾を再開していた。

復興を加速させたのは、新教皇、ファルネーゼ家出身のパウルス三世だった。レオ一〇世の時代からの古い知り合いで、すでにその当時からヴァティカン宮廷で最も著名な高位聖職者の一人だった。

教皇選出後、二〇日も経たないうちに召喚された。「ミケランジェロ、システィーナ礼拝堂の仕事を直ちに再開してくれ」と命じられた。

「お言葉ですが、教皇聖下、私はローヴェレ家の教皇の相続人たちとの契約を守らなければなりません」と返した。「数年前、新しい契約書にサインしたのです。まず、長いあいだ引きずっているこの墓廟の仕事を終わらせたく存じます。もうこれ以上、彼らと問題を抱えたくありませんし、積み重なった遅延が理由で私に汚名を着せる悪口もおしまいにしたいのです」

「ローヴェレ家の人間との契約だって?」と、教皇は大声を出した。「三〇年ものあいだ、お前に壮大な作品を依頼したいと待っていたのだ。教皇になった今、それができないと言うのか？契約書を見せてみろ。ずたずたに破って、余の任務に就けるよう準備しよう」

これだ、また一人、わしの前に意志の強い教皇が現われた。ただ、これまでの教皇と違っていたのは、心から芸術を愛していたことだ。芸術を単なるプロパガンダの道具だとは見なさず、暇つぶしだとも捉えていなかった。パウルス三世がローマ再建の明確な計画を持ち、その中で決定的な役割を果たすのは彫刻家や画家、建築家だと考えていることを、まもなく知った。

数週間のうちに、自発教令（教皇自身によって決められた教令）が発布され、わしはローヴェレ家とのいかなる契約からも解放され、ファルネーゼ家に仕えることを許可された。ひと月一〇〇ドゥカーティの給料だ。四〇年以上も過ぎてから、再び宮廷の一員となり、しかも、それはイル・マニフィコのものよりはるかに大きく権力があった。教皇は動物も含めて三五〇人以上の家人を抱え、養わなければならなかった。メディチ邸での月給がいくらだったかを思い起こすと、それは三スクーディだったが、この時パウルス三世が保証してくれた給料はわしを誇らしい気持ちでいっぱいにしてくれた。

もちろん、この時点で、「最後の審判」に真剣に取り組む時が来たということになったわけだ。教皇は、構想を調整する時間さえもくれなかった。すぐに草案を精査するため、一〇人の枢機卿を引き連れて、わしに会いに来た。

教皇は人物像を一つずつ注意深く観察した。「息子よ、余が想像するよりずっといい絵になるだろう」と喜んだ。「余はお前を心から誇りに思う。ゆえに、ヴァティカン宮廷所属の建築家、彫刻家、画家として最高位を授けよう」

そして、晴れ晴れとした顔でわしの家から出て行った。一部の高位聖職者はそれほど納得した様子ではなかったが、教皇の歓喜に口を閉ざして個人的見解を口にするのを控えていた。遅かれ早かれ何か言ってくれるのを待つことにした。結局のところ、わしが描こうと準備していたのは、これまでに見たこともないような作品だったのだ。

イタリアには、パドヴァでジョットが描いた素晴らしいフレスコ画を始めとする数多の「最後の審判」があった。画家たちが使った構図はいつも同じで、それは信者が教会の出口の前で出会う絵が何の場面か容易に分かるようにするためでもあった。キリストは、天国の象徴であるアーモンド型の光の中央にそびえ立ち、いっぽう天使や聖人の集団はそれぞれのグループのヒエラルキーによって順番に列をなすよう配置されていた。イエスの右側には、天使の合唱隊、使徒たち、それから祝福された者たち、左側には地獄に落ちた者たちだ。

わしはこの配置をとりながらも、驚くべき変化を加えた。すべての人物像はいつもと同じ場所にあったから、実際にはまだ定型の範囲内だったが、彼らのポーズがこれまでに見たこともない自由なものだったのだ。わしは自らを解き放ち、一見すると当惑させかねない人物像や表情、身ぶり手ぶりを創造していった。

まず、天使から翼をとった。彼らは他の人物と同じようになってしまった。それでも、いく人かはキリストの受難の象徴を持って上方を飛び回っているから見分けることができる。たとえば、キリストがくくりつけられた円柱や磔（はりつけ）にされた十字架はよく見えるはずだ。そして、聖人からは光輪をとった。ただし殉教の際に使われた拷問道具を手に持たせた。もし、近いうちにお前がこのフレスコ画を見に行くなら、勝利を称えて矢を持つ聖セバスティアヌスや、歯車つきの車輪を持って身をかがめるアレクサンドリアの聖カタリナ、その上方には、自分の身体を引き裂いた手機（てばた）の筬（おさ）を持つ聖ブラシウスに気づくだろう。壁画の右には十字架を持つ二人の人物が見えるだろう。大きいほうがキレネのシモンで、もう一つの小さいほうは改心した盗賊だ。それから、欠かすことのできない聖人たち、洗礼者聖ヨハネは象徴の持ち物である毛皮を落ちないように押さえ持ち、聖ラウレンティウスは焼き網を抱き、聖バルトロマイは剝がされた自身の皮を手にしている。

祭壇画はこのように尋常ではない作品となったため、多くの批判を巻き起こした。伝統にならっているのに髭もじゃの聖バルトロマイを描いたと非難され、さらに、剝がされた皮に髭を描くのを忘れたと責められた。二つの顔が違っているとも言われた。

「当たり前だ」と答えた。「剝がされた皮に描いたのは、わしの顔だ！」

この仕事が続いた五年間、これほど楽しんだことはなかったように思う。その頃にはもうフレスコ画をうまく調整できるようになっていたため、怖れる必要はなかった。らくな位置で絵を描き、何より隣には優秀な助手ウルビーノがいた。彼には、フェッラーラのヘブライ人から買ったラピスラズリなどの半貴石を粉にする仕事を任せた。わしは六〇歳で、少年のような活力を持っていたが、同時に、足場の上で動く時には注意しなければならないことも自覚していた。足場から落ちて肩を痛めた日が昨日のことのようだ。数日間はウルビーノが一人で仕事を進めなければならなくなった。そのため、残念ながら、彼が絵筆を入れた部分は気づかれるだろう。

しかし、助手が主要人物に触れるのだけは決して許さなかった。場面の中央にそびえるキリスト、わしはこれを巨大で勇ましくギリシア神話の神のように美しくしたかった。キリストが両手を少し動かすだけで、すべての人物の動きを決める。厳しい表情をしており、罪人(つみびと)を叱責し、視線で震え上がらせ、目の前から追い払い、永遠の業火の中へ送りこむ。そして左手で善良な人々の魂を自分のほうへ引き寄せるのだ。

地面には墓が開き、死者たちが驚くばかりに様々な姿で出てくる。一部の者たちはエゼキエルの預言のように骸骨だけとなり、他の者たちは肉体を取り戻し、いく人かは裸のまま、もしくは半裸、あるいは墓の中で包まれていた布を取り除こうとしている。それぞれが異なる方法で飛び立っている。彼らの顔には、キリストの意志によって自分たちがどこに送られるのかを不安に思う気持ちが現われている。

運命を指し示すのは天使の役割で、命の書を開き、死者の魂に見せている。天使の顔には何の憐れみも見出せない。空にラッパの音が響きわたり、それを吹くのは、使徒聖ヨハネが終末の日に見たという七人の奏楽の天使だ。大多数の者たちにとって最も残酷な罰を受ける時が来た。地獄だ。

「このフレスコ画で表現したいのは、キリストの審判の残酷さではない」と、一緒に足場へ登った時にトンマーゾ・デ・カヴァリエリに話して聞かせた。「人間の身体の奇跡のような美しさをありとあらゆる形で見せたいのだ。地獄に落ちた者たちの魂には最良の肉体を与えたつもりだ」

罪人は悲痛な表情で顔を歪め、悪魔から逃れようと身をよじっている。何の同情にも値しない犠牲者だ。彼らの上には悪魔が迫り、青い空に黒いしみがくっきり浮かび上がっている。悪魔は彼らの身体の罪ある部分をつかみながら、下へと引っ張っていく。好色な者は陰部、裏切り者は髪の毛という具合に、各々が持つ罪によってつかまれる場所は変わるのだ。最も乱暴なのはカロンだ。この人物像はダンテの詩句から着想した。ダンテは、アケロン川を渡った小舟からなかなか降りようとしない罪人をカロンが櫂で殴る様子を「si che la tema si volve in disio」（このように恐れは願いへと変わった〜カロンに殴られることから逃れるために、地獄へ渡る恐怖が早く渡りたいという望みに変わったという意味）と描写していた。

パウルス三世は、足場の上まで来てわしと話すのが好きだった。儀典長のビアージョ・ダ・チェゼーナはそれほど嬉しくない様子をしていた。教皇がビアージョにこの作品について意見を求めた日が昨日のことのようだ。

「教皇聖下の礼拝堂にふさわしいフレスコ画ではありません」と、儀典長は見解を明らかにした。

「公衆便所か居酒屋にぴったりのように思えます」

その言葉にわしは答えなかったが、心の中でひそかに復讐を誓った。除幕式の日、それは一五四一年のことだったが、その時、儀典長は自分が「最後の審判」の中で主人公の一人となったことに気がついた。ミノスの顔は、誰が見ても彼のものだと分かった。ロバの耳を持つミノスは地獄の入り口に立っており、その身体に巻きついた蛇はミノスの生殖器を嚙んでいる。多くの者がそれを消すようにわしを説得しようとしたが、言い分を聞く気もなかった。「私の作品を批判する者は痛い目に遭う」教皇にそう言うと、聖下は笑いを隠せずうしろを向いた。

パウルス三世が在命中は、フレスコ画はどんなに激しい批判にさらされても無事だった。けれども、そのあと、最悪の非難が爆発した。何より嫉妬によるものだと、わしは思った。あたかも、あの壁にわしの手でキリストを磔にしたかのように、来る日も来る日もこっぴどくけなされた。

ローマでひそかに進行していたわしへの憎悪はあまりにも大きく、誹謗中傷が広まり始めた。ユリウス二世の墓廟を完成させてもいないのに一万六〇〇〇ドゥカーティという巨額の大金を懐に入れたと噂された。教皇の金を高利貸しに預けて巨万の富を得たと非難する者もいた。考えてもみてくれ、あの仕事で四〇〇〇ドゥカーティ以上の金はもらっていないし、しかも、その大半は大理石の費用として使っていたんだ。

ところで、誰よりもわしを激しくののしったのは詩人のピエトロ・アレティーノだった。遠く離れてはいたが、わしは奴を友だちだと見なしていた。かつてはヴェネツィアから成功を祝う便りをよこし、わしの動向を常に見守り、ことあるごとに敬意を伝えてくれていた。ところが、「最後の審判」の仕事を受けたことを知ってからは、どんな風に描けばいいかなど助言の手紙を書くようになった。自分の見方を語るようになったんだ。レオナルドよ、はっきり言って、そのアイデアはもったいつけた実に型通りのようなものに思えた。「親愛なる友、アレティーノよ」と、ある日、返事を書いた。「素晴らしいアイデアをありがとう。だが、仕事はもうかなり先に進んでいて、君の助言に添うことはできないんだ」仕事がはかどっていたなんて嘘だったが、執拗な主張にもう耐えられなくなっていた。

アレティーノは激怒した。わしのあらゆる作品を批判し、侮辱の言葉を送るようになった。奴は詩人だったから、言葉によっていくらでも残酷になれた。トンマーゾとの関係を淫らなものだと言及し、「最後の審判」を徹底的に糾弾した。厚顔無恥にも素描の贈与を要求し、そうしなければ、わしの評判をだいなしにすると脅した。身を守るために細心の注意を払ったが、残念ながら奴の言葉はあっという間にイタリア中に広まった。わしが奴と和解しようとしなかったから、さらに度を超した侮辱を受けざるを得なくなった。あのフレスコ画にまもなく起こるであろうことは、アレティーノの言葉が原因だと確信している。

数日前、トリエント公会議の最終日にわしの作品が議題となったことを知った。その知らせに淡い期待を持ったが、集まった司教たちが出した結論は、わしを悲しませることになった。

公会議では、教会の中にある裸体図はすべて消去されることが決定された。わしの場合は、人物像の陰部だけ覆うことになったらしいので、ずいぶんましだった。少なくともすべてが消去されることはないだろう。

残念ながら、作品の意図は分かってもらえなかった。パウルス三世とわしの目的が神の偉大さを礼讃することだったならば、裸体を見せずしてどうやってできたというのだろう？　なぜなら、神の最も優れた被造物は人間であり、それこそ、わしが「最後の審判」で賛美したことだったからだ。

聖母マリアを見るだけでいい。彼女は息子が振り上げた腕の下で身をすぼめ、運命が下されるのを待つ死者の魂を不安げに見つめている。聖母はイエスの怒りに怯え、人間の無邪気さに心を動かされている。

そのまなざしこそ、枢機卿たちに分かってほしかったものなのだ。だが、彼らは尊大で、キリストの意志にさえ従おうとはしない。よく見ようとはせず、自分たちの考えを土台にして評価を下すのだ。

わがレオナルドよ、この措置で、絵画や彫刻はこれから先どうなっていくのだろう。芸術家や作家、研究者、自分の意見を表現するのを恐れぬすべての者にとって、辛い時代が来るような気がする。

16

「最後の審判」が公開されたあと、わしは、同業者や最も保守的な枢機卿たちの格好の標的となった。

レオナルドよ、不思議に思うか？

お前はきっと、わしがこれまで存在しなかったような最高のマエストロとして称賛されたと想像していたのだろうが、実はそうではなかったのだ。あのフレスコ画がもたらした栄光は、その後受けることになった恐ろしい悪評によって色褪せた。

確かに、わしの作品を望む王侯貴族には事欠かなかった。フランス王フランソワ一世はブロンズの記念建造物、イザベッラ・デステは肖像画、ヴェネツィア共和国は大運河に架ける橋をほしがった。これらの依頼のうち、ただの一つも確定しなかった。なぜなら、その当時のわしは、イタリアの権力者たちの対抗意識の中で動かされるコマに過ぎなかったからだ。

フレスコ画の除幕式が終わると、ローヴェレ家からユリウス二世の墓廟制作の件で連絡があった。その時点で、わしはもう限界にあった。いっぽうで作品を完成させる必要性を感じながらも、もういっぽうでそんな話は聞きたくもないパウルス三世に引きずられていた。教皇はすでにわしに任せる次の事業を構想していたのだ。

お前には隠すまい、年齢による身体の不調に悩まされ始めたことを。わしは七〇歳に近く、あと一〇体もの等身大以上の彫像を完成させるような活力はもうなかった。フィレンツェにはいまだ未完成のまま残るものもあった。

教皇の助力で、ローヴェレ家の相続人と妥協案を探った。すでに完成していた「モーセ」と二体の「囚われ人」を中心にして、他の彫像群は若い彫刻家に任せたらどうかと提案した。しかし、この方法だと、教皇の肖像彫刻の他は六体の彫像だけになり、墓廟は一つだけの壁面に収まる小さなものになってしまう。

四〇年近くも長引いていた事業に、失望し精根尽き果てたローヴェレ家の人間はこの提案を受け入れるしかなかった。

この解決案は、ある意味、わしの失敗を裏づけるものだった。どれだけの金を大理石に注ぎ込み、どれだけの時間をこの壮大な作品の構想と変更に費やしたことだろう!

六度目の契約書にサインして、この問題をなるべく早く片づけるため、助手と一緒に仕事に取りかかった。三年後の一五四五年に作品は完成した。

墓は、サン・ピエトロ大聖堂ではなく、ユリウス二世の枢機卿時代の名義教会だったサン・ピエトロ・イン・ヴィンコリ聖堂に設置されることになった。身廊の一番奥の右側、主祭壇の手前だ。二体の「囚われ人」を使う案は却下された。ローヴェレ家の人間は、壁龕に収めるにはあまりにも大きいという理由をつけたが、本当は、苦痛に苛まれた裸体像を前に起こりうる論争を避けたかったからだ。

もはや、あらゆるわしの作品が論争を引き起こす定めにあった。トリエントの公会議によって絵画や彫刻に対する教会の立場は変わりつつあった。芸術作品には、教皇庁を牛耳っていたジャン・ピエトロ・カラファ枢機卿の審判が下るようになり、彼は政敵やキリスト教の教義を揺るがしかねない芸術作品を非難するために自らの立場を利用していた。

ヴィットリア・コロンナや彼女のサロンの知識人たちとの親密な関係は好意的には映らなかった。わしは異端告発を受けるぎりぎりのところにいたんだ。

だからこそ、ローヴェレ家はわしの「囚われ人」を取り下げることを選んだのだ。「囚われ人」は誰なのか？　どのような伝統に関連しているのか？　あまりにも官能的で、墓廟を飾るには挑発的だ。

わしは戦う気がせず、墓廟の悲劇の結末をなりゆきに任せることにした。「囚われ人」の代わりに二人の女性像を彫った。観想的人生の象徴ラケルと活動的な人生の象徴レアだ（両者ともヤコブの妻）。

モーセが最上の形で輝くように集中して仕事をした。この彫像では、光が緊張感を生み出す効果を果たし、預言者の個性を最大限に高めている。

　最終的に、わしはあらゆる面でぼろぼろになってこの事業を終えた。ちょうど最後の調整をしていた時、わしの手は思うようには動かなくなっていた。金槌から手を離そうとした時も、指を伸ばすことができなくなっていた。まるで手指が仕事道具の形に変わったかのようで、彫刻以外のことはもうできないかのようだった。皮膚の下には、大地から突き出た樹木の根のように曲がった骨が見えた。わしは手指を動かすしなやかさを失い始め、仕事のリズムを緩めざるを得なかった。

　そのため、パウルス三世が「最後の審判」の完成後すぐに注文した二つのフレスコ画を完成させるのに、実に八年もかかってしまった。


　教皇に召喚された時、「最後の審判」の絵の具はまだ乾いていなかった。

「ミケランジェロ、お前に描いてほしい作品がまだあるのだが」と、教皇は決然たる声で、七四歳という年齢もあって熱意を隠しきれずに表明した。「死ぬ前に、余は、アントニオ・ダ・サンガッロに造らせた、教皇宮殿とシスティーナ礼拝堂のあいだにある新しい礼拝堂の完成を見たい。だが、壁のフレスコ画が欠けている。お前が描くのだ」

「教皇聖下」と答えた。「聖下のお申し出は大変光栄でございます。ですが、本気でおっしゃっているのでしょうか？　私は墓廟の仕事を再開したばかりですし、それに、新たな攻撃を受けたくはありません。最後の審判の論争もまだ収まってはおりません」

「我が息子よ、批判を気にするな」と、教皇は愛情深い口調で励ましてくれた。「必ず終わる。時が、お前が正しいことを示してくれるだろう。システィーナ礼拝堂が、お前の図像を模写するためにやってくる若い画家たちでいっぱいなのを知っているだろう？　お前が未来への大いなる遺産を創り上げたという証拠だ。さあ、余の礼拝堂も同じようにしてくれ」

それは、一辺が二〇フィート（約六メートル）程の二つの四角い壁にフレスコ画を描くことだった。システィーナ礼拝堂に描いた絵に比べたらハンカチのようなものだが、あの桁外れの大事業を始めた頃より、わしははるかに年老いていたし、疲れてもいた。転倒で痛めた肩には救いようのない疼痛が残り、まだ回復していなかった。

どこにそんな気力が残っていたのか、ましてや、教皇と同名の聖人「サウロの回心」（サウロはパウロのユダヤ名）と初代教皇「ペテロの磔刑」を形にするための構想をどこで見つけたのかも、いまだに分からない。

「サウロの回心」はこれまで何度も描かれてきた。どの場合もキリストの出現が絵の中央で完璧に起こっていた。わしはそれを横へ動かし、場面の中心に逃走する馬を置いた。馬は、奇跡の出来事に立ち合って怯えている群衆をかき分けて奥へと逃げている。男も女も必死で逃げる場所を探し、キリストの身体が発する目もくらむような光から守るために目を手で覆っている。イエスは空から地に降りようとしているが、これほど極端な短縮法でキリストを描いた者はこれまで誰もいなかった。イエスは文字通りサウロの上に飛び降りようとしているのだ。サウロは、キリスト教徒への迫害を続けるためダマスカスへ向かう途中で落馬し、彼の名を呼ぶ声を聞く。顔を上げるが、目を開けることができない。サウロが老人のように表現されたのは初めてのことだ。ローマ政府に対して悪事をたくらむ秘密結社（キリスト教をさす）を迫害するたくましい戦士ではなく、年老いた士官が落馬し、あらゆる弱さをさらけ出している。

わしは、この聖パウロをとても身近に感じていた。

二人とも、人生の中で理想を追い求めて戦ってきた。サウロは、あの日、目標を変えたが、同じ活力と情熱を持ち続けた。倒れ、そして立ち上がった。わしも芸術活動の中で何度も同じことをしていた。

「サウロの回心」は、ヴァティカン宮廷で新たな論争を呼び起こした。なぜなら、あまりにも人間的なキリストが立派とは言えないしぐさをし、身体から発する光で人々をパニックに追いやり、聖人を描くべき位置には馬の尻があったからだ。わしは、一つの出来事を共有した人々の顔や反応をありのままに描くことで人間の本質を表わし、フレスコ画を見るすべての者たちがサウロのように回心するよう呼びかけたかったのだ。だが、枢機卿たちが慣れ親しんでいた聖画の規則をあまりにも変え過ぎてしまっていた。

そこで、もう一つのフレスコ画ではよりリスクの少ない道を追求し、もっと伝統に近い表現で聖ペテロの殉教を語ることにした。磔刑を宣告された最初の使徒ペテロは、キリストと同じように死ぬのは恐れ多いと、頭を下にして逆さの十字架にかけるよう求めた。ここにも群衆がいて、刑の執行に立ち会っている。多くの者は視線をそらし、前景の女性たちは不安げに遠ざかり、年配の男はあきらめたように両腕を組んでいる。だが、うしろには明らかに刑の執行に反対する若者がいる。周りの友人たちに止められ、黙っているように言われなければ、刑吏に抗議して飛びかかっていたかもしれない。

わがレオナルドよ、群衆は、たとえその場に居合わせたとしても、不当な仕打ちに対して決して戦おうとはしない。自分たちが巻き込まれて有罪となるリスクを避けるためには、権力者の下した結論に従うほうがはるかに簡単だからだ。これが、わしの聖ペテロが厳しい視線で言わんとすることだ。人夫が持ち上げようとしている十字架の上で、ペテロは最後の力をふりしぼって頭を上げている。我々を振り返り、目で睨みつけて脅かしている。罪人から裁く人になっている。我々は、ペテロを見捨てた周りの人間たちのように、彼の不当な最期に対して責任がある真の罪人なのだ。ペテロの身ぶりがもっと強くはっきり見えるように、わしはその身体を他の作中人物に比べて大きく描いた。人物間の比率は透視図法をまったく無視しているが、場面の意味を最大限に高めている。

まさに、これが理由で攻撃された。

パウルス三世の評価と愛情だけが批判を黙らせることができたが、批判はもはや日常茶飯事となっていた。教皇庁で論争を呼び起こさないわしの作品はなかったのだ。

一五四六年、アントニオ・ダ・サンガッロ・イル・ジョヴァネが死んで、サン・ピエトロ大聖堂造営主任建築家の地位を空席にした。後任のポストを手に入れようとローマで誰もが必死になったのは、お前も想像がつくだろう。

教皇は、驚いたことにわしを選んだ。あの工事現場を救えるのはわしだけだと確信していたのだ。工事は実質二〇年近く停止していた。構想を実現する上で激しい論争が起こったのが原因だったが、何よりも工事の管理運営能力の欠如と不正が原因だった。どれだけの人と金が、世界で最も威厳ある聖堂建設の周辺で動いていたかを考えれば分かるだろう。石工、絵付け職人、運搬人、鍛冶屋、石積み工、単純作業員、何百人もの者たちが事業をできるだけ長引かせることで利益を得ていたんだ。

しばらくすると、教皇がわしを選んだのは、事業の構想のみならず性格の強さも考慮したのではないかと思うようになった。わしだけが、あの、ごたごたした複雑な状況の中に飛び込む勇気を持ち、泥沼にはまっていた大聖堂を救う方法を見つけられると考えたのだろう。

最初に命じたのは、主祭壇のうしろに建設中だった後陣の周歩廊の列柱を壊すことだった。サン・ピエトロ大聖堂造営委員会の理事たちの抗議が巻き起こったが、わしはいつもの明快さで返答した。

「教皇聖下のご意向で私はこの委員会に参りましたが、それは、あなた方に今後の方針を伝えるためです」と、彼らの前で初めて口を開いた。「はっきり申し上げますが、この事業について他者が口出しすることはできません。指示するのは私だけ、私でなければ、ここにいる監督のジョヴァンバッティスタ殿が名代として指図する以外のことはしないでいただきたい」と、工事監督の方を向いて表明した。「そして、この現場でこれ以上詐欺や窃盗が多発しないようにお願いしたい。トラヴァーチン石の売り手と買い手が同じとはあり得ないことです。それから、私の好むようなものでない限り、石灰や単純石材やポゾランで他の壁を建設しないでいただきたい」

このように厳しく強硬な姿勢を示したことで、わしは造営管理局の枢機卿たちから反感をかった。彼らはある時点で、わしが教皇への信頼をなくすよう画策した。わしが更迭されて他の建築家に代えられるという偽の情報を遣わしてきたんだ。だが、負けずにやり返した。わしは教皇の命令しか聞かないんだ！」

「好きな時に、ここまでやって来て脅すがいい」と、家に来た使者たちに叫んだ。「そもそも、わしは教皇の命令しか聞かないんだ！」

教皇は残念ながら永遠ではなかった。それから三年のうちに崩御し、無防備なわしを敵の攻撃の下に残していった。

幸いにも、コンクラヴェでカラファ枢機卿の教皇選出は避けられた。彼だったなら、斬新な作品やわしの実験的な作品に対してあらん限りの憎悪を表明していたことだろう。

教皇に登位したのは、教養深く享楽的なジョヴァンニ・デル・モンテだった。ユリウス三世の教皇名を選び、ローマの城壁の外に宮殿を建設させた。それは今日（こんにち）、ヴィッラ・ジュリアと呼ばれているが、ここでほとんどの時間を過ごし、宴会や音楽会、その他の楽しい催しを開いていた。教皇が豪奢な居城の庭にあるプールで男の取り巻きに囲まれて裸で泳ぐのを見たという悪口も出回っていた。

こんな教皇がちょうどよかった。わしを賛美してサン・ピエトロ大聖堂造営主任建築家の任務に引き続きとどめてくれたが、おそらく、それは、任務から外すことで起こり得る大騒動に巻き込まれたくなかったからだろう。わしは自分の構想を進め、最もシンプルで整った線型を出すギリシア十字形の平面図を想定し、サンガッロが設計していた曲がりくねった図面を取り消した。もし教会内部がこんな風に複雑だったら、夜の閉館時に、内部に誰か隠れていないか、取り残されていないかを確認するのに二五人の要員では足りなくなってしまったことだろう。

わしの大聖堂は、設計中の荘厳なドームから入る光であふれるはずだった。

お前にブルネレスキのドームの直径の長さを調べるように頼んだ時のことを覚えているか？ たとえ僅差だったとしても、わしのドームのほうが小さいと分かった時、どれほどがっかりしたことだろう！ サン・ピエトロのドームは、フィレンツェを見下ろす感嘆すべき傑作を思いながら構想したんだ。

建設を容易にし、構造をもっと軽くしながらも安定させるため、二つのドームを重ねることを思いついた。一つ目は二つ目を支えるのに有益なものとなるだろう、床からの足場を作る必要もなくなるのだから。

今、ドームの建設は開始されたが、わしがその完成を見ることはないだろう。後任者が破壊しないよう、心から願うだけだ！ 自分が死ぬ時に未完成の作品が残るであろうことを、いまだに受け入れることができないでいる。

おそらく、それが理由で、ピエタ（バンディーニのピエタ）を彫りたいと考え、ノミを手にしたのかもしれない。誰が依頼したわけでもなかった。もはや年老いて健康もすぐれないわしは、これを自分の墓に置こうと考えたのだ。墓さえも、他の者が作ったものなど御免だった。

何事も自分で管理しなければ気が済まないわしは、自分の墓を設計しようと考え、それを記念碑的なものにしたかった。レオナルドよ、もうお前もよく分かっているだろう、わしは自分を買いかぶっているんだ！

そんなわけで、大理石の塊を取って彫り始めたが、初めから明確な構想があったわけではなかった。まず、キリストの右脚を支えるマグダラのマリアに取りかかった。そして伝統的な女性像にしようと、普通なら胸まで垂らしている髪を頭の上に結い上げた。彼女は細心の注意を払って自分の手からイエスが離れないようにしている。離れるのはあり得ることだ。というのも、キリストの姿勢が実に曲がっているからだ。キリストはマリアの膝や床に横たわってはおらず、それどころか直立するような姿勢にあり、腕は完全にねじれ、頭はうなだれ、両脚はだらりと垂れている。

実は、キリストには脚が一本しかないことをお前に話しておかなければならない。なぜなら、もう一本の脚は絶望のあまりに破壊してしまったからだ。わしは目を閉じたまま、鉄槌を振り下ろした。だからイエスの腕も粉々になってしまった。

およそ一〇年前のことだ。八〇歳になり、もう自分に残された時間はわずかだと思った。それまでずっと健康を保っていたのに、熱を出して病気にかかるようになり、床につくことを強いられるようになった。彫刻の完成まで生きていないだろうと自覚しながら彫っていた。ストレスからだろう、ある日カッとして見境がなくなり、キリストの身体を破壊してしまった。だが、その行為はわしにとって大きな慰めとなったんだ。

あとになって初めて自分のしでかした惨事に気づき、損傷を修復しようと試みた。そこで、息子イエスと溶け込むような聖母マリアを思いついたんだ。聖母はイエスの左側に座り、脇から彼を支えている。彼女の衣服は息子の左脚を覆い、衣(ころも)の中に隠れている。

うしろにはニコデモの姿がそびえ、イエスと聖母の身体を支えている。二人ともニコデモに寄りかかり、それは少し、わしの人生に起こったことと似ている。わしはずっと家族の大黒柱で、遠くにいる時もお前たちに何一つ不自由させたことはなかった。だから、ニコデモに自分の顔を与えることを思いついたんだ。お前には告白しよう。わしはニコデモの中に自分自身を見出していた。あの場面での彼の役割、さらにはその信念の中にも。ニコデモは懐疑的な人間で、イエスに近づき、質問攻めにし、そして深い精神的苦悩のあとで回心した。対話、疑問、討論を経て、キリストを信じるに至ったのだ。

わしのように。

特にその時期には、ヴィットリア・コロンナとの親交の中でローマ教会に対する多くの疑問が生じていた。わしはそれを解決しようと、ローマやヴィテルボ、彼女の入った修道院までヴィットリアを訪ねて対話を続けていた。彼女の死は、わしに解決できない多くの疑問を残してしまった。

追い求める答のないまま、わしは死んでいくのだろう。

レオナルドよ、今の時代、彫刻に何の意味があるのだろう？　どんなメッセージを託せばいいのだろう？

二〇歳の頃は、すべてがはっきりしていた。一つのピエタ像で、母の嘆きを表現し、愛する者を失ったあきらめの境地を語り、聖母のまなざしや単純な手ぶりで慰めを与えることができた。しかし、今ではもう、教会は慰めを与えようとはしない。審判し、有罪判決を下し、魂と思想の司法機関としてそびえ立っている。それが理由で、わしの彫像はこんな風に曖昧なのだ。ほとんど何も共感できないこの体制に、貢献したくないんだ。

わしの耳にはいつもヴィットリア・コロンナの澄んだ声が鳴り響いている。「神は人間を愛して、過ちを許してくれるの。行動することでわたくしたちは神に近づくことができるの。そして、天国へ行くこともできるのよ」

具体的な行動、わしが生きているあいだ、ずっとしてきたことだ。

今、彫像にどんな形を与えればいいのか分からない。

ここ数日彫っている、このピエタ（ロンダニーニのピエタ）を見てくれ。身体が持ちこたえるあいだはノミを打ち、疲れたら座って下部にあるイエスの脚や腰を磨いている。キリストはほぼ直立しているが、自分の足で立っているわけではない。聖母マリアがその背後にいるが、彼女が支えているわけでもない。わしは、初めて、現実的な彫像を生み出すのがどうでもよくなった。母と息子は、まるでただ一つの存在であるかのように溶け合っている。息子は母から離れようとするかに見え、母はまるでもう一度息子を産んでいるようにも見える。この大理石の塊は、わしをどこへ連れていこうとしているのだろう。ずいぶん前にこの石に彫り込んでいた腕を、また別の人物像に使うのか、それとも全部取り払ってしまうのか、まだ決めてはいない。今のところは、そこにあり、ぶら下がっている。
手探りで彫っていく、ゆっくりと、身体の痛みが許す限りは。
指揮を執るのは、もはやわしではなく、わしの身体だ。運命のままに流されていくようだ。そして、わしはそれがまったく気に入らない。

（ミケランジェロの詩）

我が人生の旅路は、
嵐の荒れ狂う海をもろい小舟で進み、
これまでの行ないの是非が問われる、
ありきたりの港（死）へたどり着こうとしている。

それゆえ、情熱あふれる想像力が
芸術を偶像化し至高のものとしたことは
今、間違いだったと知る
誰もが望むものには堕落がつきものだ。

無益だが幸せな恋の思いは、
二つ（肉体と魂）の死が近づく今、どうなるのだろう？
一つ（肉体）の死は確かだが、もう一つ（魂の死は地獄落ちをさす）は私を脅かす。
もはや絵画も彫刻も魂を癒やしはしない
魂は神の愛へと向かい、
神は十字架の上で両腕を広げて我らを迎える。

レオナルド

伯父ミケランジェロは、一五六四年二月一八日に死んだ。三月六日には八九歳の誕生日を迎える予定だった。

その時、僕は伯父のそばにはいなかった。会いに来てくれという懇願にも応えたことはなかった。

伯父の手紙がフィレンツェに届いた時、僕は妻と家にいた。それは、伯父の望みで数日前からそばにいたダニエレ・ダ・ヴォルテッラが書いたものだった。

「ある日、マエストロは疲れたようで、うとうとしていました」と、あった。「目を覚まされた時、貴方様がローマへ来るよう手紙を書いてくれと請われました。《お願いだから来てくれ》と、三度も繰り返されました。ですから、どうか遅れないようにここへ来てください、レオナルド殿」

けれども、僕は行かなかった。

またいつもの怒りを僕にぶつけるつもりじゃないかと怖れていたんだ。

長年にわたって、伯父は、フィレンツェへ送金していた金を僕が浪費していると非難し、僕が伯父を訪ねるのは、ただその健康状態を確かめて相続財産の状況を確認するためだけだと、何度も当てこすりを言っていた。伯父のひどい仕打ちに僕はすっかり慣れていたんだ。

伯父は難しい人間だった。だが、彼なりに寛大でもあった。

「貴方様の伯父上、ミケランジェロ殿は、遺言状を書く間もありませんでしたが、完全なキリスト教徒として、今夕、夕日が沈む頃、お亡くなりになりました」と、その後、伯父の友人から手紙が届いた。「伯父上のそばには、トンマーゾ・デ・カヴァリエリ殿、ダニエレ・ダ・ヴォルテッラ殿とわたしがおりました。貴方様が穏やかに安心していられますよう、わたしたちが葬儀の手配をいたしました」

この時点で、僕はフィレンツェにとどまっている気にはなれなかった。三日後にはローマに着いた。

「レオナルド殿、やっとお着きになりましたね！」と、ダニエレが迎えてくれた。「貴方様に差し上げるものがございます。最後の一週間、マエストロはたくさんの言葉を口述し、わたしがこれらの紙葉に書き記しました。おそらく貴方様に直接語りたかったのでしょうが、なかなかお見えになりませんでしたから。そこでわたしに口述筆記するよう指示したのです。《甥が来たら、わしが所有するすべてのものと一緒に渡してほしい》と言って。さぁ、お受け取りください、レオナルド殿」

積み重なった紙葉は、迷うことなく口述筆記されたものだった。思い出の洪水は、伯父が頭のしっかりした状態で死を迎えたことを示している。

最後の高潔な行為だ。

伯父は、稼いだ金を自分のために使うことはなかった。何年も同じボロをまとい、著名な依頼人が出向くのをためらうような悪臭を放つ地区の貧相な家で、みすぼらしい状況の中に死んでいった。

僕は、コジモ・デ・メディチ公が伯父の財産目録作成のため特使を派遣しようとしていることを知った。ミケランジェロの作品はすべてフィレンツェの所有物だと確信しているのだ。

ほんのわずかしか見つけられないだろう。

伯父は、ほとんどすべての素描を燃やしていたのだ。

僕は、伯父の回想録を一気に読んだ。

仕事、人生、僕ら家族に抱いていた伯父の情熱に、僕は打ちのめされた。

これほど激しい人間が彼より他に存在しただろうか？

伯父は、容易な道を選ぶことなく、他の人間なら決して受けなかったであろう挑戦を常に受け入れてきた。彼には不可能な仕事など存在しなかったのだ。

人生は伯父に多くの栄誉をもたらしたが、同じ数だけ苦痛も与えた。

伯父のわずかな所有物を整理していたら、ベッドの下から八〇〇〇ドゥカーティ金貨の入った金庫が見つかった。おおよそでフィレンツェのピッティ宮殿が買えるほどの金額だ。もちろん、そんな望みが頭をかすめた場合の話だが。銀行には預けていなかった財産だった。

こんな話は一度も聞いたことがなかった。伯父は僕を弱い人間だと見なしていた。けれども同時に、僕は伯父が持つことのなかった息子のような存在でもあった。伯父は、お気に入りの弟、つまり僕の父ブオナッロートにいつも見せていた愛情と気づかいを、僕にも同じだけ注いでくれた。僕が善良な女性と結婚するように、また、僕や僕の家族が何一つ不自由のない生活ができるように気にかけてくれていた。

もし、こんな財産があることを僕に話していたら、おそらく僕は、最悪のやり方で散財していただろう。

だが、今では僕のものだ。

この、何度目か分からないほどの過分な厚意を前にして、僕は平常心ではいられなくなった。死んだ伯父の僕への評価を回復させるため、僕にできるただ一つのことをした。

ローマ教皇ピウス四世は、伯父の遺体をサンティ・アポストリ聖堂内のシンプルでありふれた墓に納めていた。けれども伯父は手紙の中でフィレンツェへ埋葬してほしいという願いを表明していた。何とかしなければならなかった。僕は、伯父の最後の望みをかなえるため、教皇の意向に逆らうリスクを負わなければならなかった。

僕は、人生で初めて勇気を示して、伯父ミケランジェロが自らの意見を通すため権力者と対立した時のように行動しなければならなかった。

僕は遺体泥棒を計画した。木製の箱に遺体を入れ、箱を鉛で封印し、商品のように荷造りして、それからフィレンツェまで運んだ。

フィレンツェはとてつもない歓迎の情を示してくれた。

コジモ一世は僕への謝意を公的に表明した。

画家たちは、すべてのフィレンツェ市民が弔意を捧げられるように、一二日間、伯父の遺体をアヌンツィアータ礼拝堂に安置した。

それから、サンタ・クローチェ聖堂で葬儀が執り行なわれた。棺を開く時、ジョルジョ・ヴァザーリ、バルトロメオ・アンマナーティ、アニョーロ・ブロンジーノ、ベンヴェヌート・チェッリーニ、そして大勢のフィレンツェ人がいた。ミケランジェロはただ眠っているように見え、いつもの厳しい顔つきで横たわっていた。死は、伯父を醜くはしなかった。

コジモ一世は、まだフィレンツェの家にあった四体の「囚われ人」と、伯父の墓を飾るという名目で「勝利者」を寄贈するよう、僕に強要した。

しかし、墓は、ヴァザーリの設計で王侯貴族の墓廟のように荘厳で美しいものが造られることになった。

なぜなら、結局のところ、ミケランジェロはそれほどの人物だったからだ。

高貴な魂を持った男は、芸術に人生を捧げ、どんな義務からも決して逃れなかった。作品を完成させるためなら、いかなる労苦や中傷にも耐えた。困難を前にしても決して立ち止まらず、目的に到達するために戦った。

僕にとっては、仕事における天才というだけでなく、並外れて素晴らしい人間だった。すべての人の模範であるが、わずかな者にしか真似することはできないだろう。

謝辞

この本を書くにあたって、私はいくつかのリスクを負った。なぜなら、これまでに書いてきたようなエッセイではなく、ミケランジェロ・ブオナッローティの心の中に入り込んだ旅であるからだ。彼は、多くの作品によって語られるが、とりわけ多くの史料からも知ることができる。私はこれらの史料をベースに、彼の人生を第一人称で語った。ミケランジェロの言葉の大半は彼が手紙の中に残したものであり、様々なエピソードは彼が家族や友人に宛てた手紙の中で言及したことを書き換えたものだ。

最初に、エリザベッタ・アルビエリに感謝しなければならない。彼女がこの挑戦を提案し、私はこれを快く引き受けた。書き手として新たな領域へと導いてくれることを願って。

それから、たとえありきたりな言葉のようになったとしても、今回ばかりは、ヴァレンティーナ・カステッラーニ、アリアンナ・コモッティ、マリアローザ・ミレージに感謝しなければならない。君たちがいなければ、この本は完成しなかった。

この本を世に出してくれたスパーリング＆クプファー社のチーム全員、チンツィア・カルリーノ、パオラ・カヴィッジョーリ、マルゲリータ・クレパクス、マリア・エリーザ・フォレスト、アレッサンドラ・フリジェリオ、モニカ・モノポリ、サラ・スカルツァレット、フランチェスカ・ヴィッラにも感謝する。

ソシア&ピストイア社の天使たち、マルタ・インサルディ、キアラ・メッローニ、チェチリア・ムニャイーニ、ロベルタ・パッセリ、ジュリア・ピエトロサンティ、ルイーザ・ピストイアにも深く感謝する。

最後に、この自叙伝の創作にあたって参考にした文献を書いた研究者たち、彼らに大いなる謝意を表明する。アメンドラ、バロッキ、ビアジョーリ、ビンニ、ボバー、ブレーデカンプ、ブスカローリ、カドガン、カンピ、カルミナーティ、チャップマン、シャステル、コルティ、ド・トルナイ、フォラッティ、フォルチェッリーノ、フォスコロ、フレイ、フロンメル、ゲイ、ジラルディ、ジュリオッティ、ハスケル、ハトフィールド、ハースト、ホープ、クリーグバウム、リスナー、マストロコラ、ミラネージ、モンターレ、パノフスキー、パオルッチ、パピーニ、ペイター、ペニー、ピッコリ、ポッジ、ポープ＝ヘネシー、リストーリ、ルビンシュタイン、シーモア、シュタインマン、シモンズ、フォン・アイネム、ウォーレス、ワイルド、ウィンド、ツェルナー。

訳者あとがき

本書は、二〇一六年にスパーリング&クプファー社より刊行された*Michelangelo. Io sono fuoco*（直訳では『ミケランジェロ。私は焔だ』）の翻訳である。著者はイタリアの美術史家・作家のコスタンティーノ・ドラッツィオ氏で、展覧会キュレーションのほかメディアへの登場も多く、幅広いジャンルの著作がある。そのうち、秘密シリーズ三部作（レオナルド・ダ・ヴィンチ、カラヴァッジョ、ラファエッロ）は拙訳で河出書房新社から刊行されている。

原題から想像できるように、本書はいわゆる評伝ではない。近年、画家や絵画を中心に置いてノンフィクションとフィクションを交えた小説が原田マハ氏を筆頭に増えてきたが、それに近いものだと考えていただきたい。ミケランジェロが家族や知人と交わした書簡や同時代の伝記などの史料に基づき、想像も加えて書かれた物語である。

ただ、大きな特徴がある。自分語りなのだ。つまり、著者が五〇〇年前に飛んで晩年のミケランジェロとなり、波瀾万丈の人生と、燃え尽きることのない芸術への情熱、すなわち「ミケランジェロの焔」を、第一人称で甥のレオナルドに語るのである。数多の傑作の秘密にも触れられているため、この本を読むあなたはミケランジェロ本人からそっと秘密を教えてもらうような気分になるだろう。

イタリア・ルネサンスはフィレンツェから始まった。世代が異なるにもかかわらず、同時期に三人の天才、レオナルド・ダ・ヴィンチ、ミケランジェロ、ラファエッロがその地に居合わせたことは、偶然ではなく必然だったのかもしれない。三人とも母親の愛情を知らずに育っている。この三人のうち誰が好みかは人それぞれだが、おそらく（日本で）最も人気のないのがミケランジェロではないだろうか。それは彼の容姿と偏屈で気難しいイメージが原因だと思う。

正直に言うと、レオナルド派の私はこれまでミケランジェロが苦手だった。天才であることは紛れもない事実だが、彼の作品、たとえば「モーセ」像やシスティーナ礼拝堂の「最後の審判」は不安を誘い、私を不穏な気持ちにさせた。また、彫刻は神業だが、人体の表現を重視した極めて彫刻的な絵は私の好みではなかった。さらに、自分が傷つくことを極端に怖れるあまりに平気で他者を傷つける性格も好きではなかった。ライバルのダ・ヴィンチとラファエッロを憎むのは、ほとんど被害妄想的な思い込みからだ。友人ができても多くの場合その関係は破綻し、ミケランジェロは孤立することが多かった。たとえ史上最高の傑作を残しても、人間関係を構築することができないのは性格破綻者ではないかとさえ思っていた。

しかし、原書を読んで、若くして名声を得た天才が実はあらゆる意味で過酷な人生を歩んだことを知り、心を揺さぶられた。これではミケランジェロの性格が歪んでいくのも仕方がないと腑に落ち、彼を理解できたような気がした。父親は自分の意のままに息子を操ろうとし、お金の無心しかせず、現代で言う毒親のようだ。ライバルたちとの確執も、彼の自意識の強さと熾烈な競争社会で身を守るためだったのだろう。戦乱の世でもあったルネサンス期において、政治に翻弄され、権力者の気まぐれで無茶振りをされ、何も信じられなくなったのかもしれない。不安を誘うような作品も、敬虔なキリスト教徒だったがゆえに宗教的葛藤を抱えた苦悩の心をそのまま表現したのだろう。そうして対抗宗教改革時の晩年には批判と憎悪の対象となってしまうのだ。もしかすると偏屈で思い込みが激しく人間関係をうまく築けない性格も、現代で言う発達障害だったのかもしれない。そんな中で彼が愛する男性や女性に出会えたことは一筋の救いのように思える。

芸術が生きる原動力だったミケランジェロは自らの信念を作品に込め、その作風は変化していく。ただ一つ変わらないのは芸術への情熱、「焰」だ。激動の時代を生き、苦悩を美に昇華させたミケランジェロの物語は、混迷する二一世紀を生きる私たちの心に響く。なぜなら、結局のところ、いつの時代でも人間と社会はそう変わるものではないからだ。

この本を読むあなたはきっとミケランジェロが好きになるだろう。

本書が新潮クレスト・ブックスの一冊として世に出ることができたのは、『芸術新潮』の伊熊泰子氏と新潮社出版部の前田誠一氏のおかげである。お二人に心からの感謝を送りたい。本当にありがとうございました。そして、伊熊氏と出会うきっかけを作って下さった世界文化社の中野俊一氏にも感謝の気持ちを伝えたい。

最後に、ミケランジェロの大理石の山へ取材に行った際、カッラーラ在住の大木和子氏（彫刻家、故・大木達美先生夫人）には大変お世話になった。大理石の神が舞い降りるカンポ・チェチナの風景と、彼女と芸術を語り合った時間を忘れることはないだろう。ありがとうございました。

二〇二三年秋　ローマにて

上野真弓

Michelangelo. Io sono fuoco
Costantino D'Orazio

ミケランジェロの焔

著 者
コスタンティーノ・ドラッツィオ
訳 者
上野真弓
発 行
2023年11月30日

発行者　佐藤隆信
発行所　株式会社新潮社
〒162-8711 東京都新宿区矢来町71
電話 編集部 03-3266-5411
読者係 03-3266-5111
https://www.shinchosha.co.jp

印刷所
株式会社精興社
製本所
大口製本印刷株式会社

乱丁・落丁本は、ご面倒ですが小社読者係宛お送り下さい。
送料小社負担にてお取替えいたします。
価格はカバーに表示してあります。

ISBN978-4-10-590191-2 C0397

帰れない山

Le otto montagne
Paolo Cognetti

パオロ・コニェッティ
関口英子訳

山がすべてを教えてくれた。
北イタリアのアルプス山麓を舞台に、本当の居場所を
求めて彷徨う二人の男の葛藤と友情を描く。
世界39言語に翻訳されている国際的ベストセラー。

CREST BOOKS

ハムネット

Hamnet
Maggie O'Farrell

マギー・オファーレル
小竹由美子訳

名作「ハムレット」誕生の裏に、
400年前のパンデミックによる悲劇があった——。
史実を大胆に再解釈し、従来の悪妻のイメージを覆す
魅力的な文豪の妻を描いた全英ベストセラー。

CREST BOOKS

ルクレツィアの肖像

The Marriage Portrait
Maggie O'Farrell

マギー・オファーレル
小竹由美子訳

夫は、今夜私を殺そうとしているのだろうか――。
ルネサンス期に実在したメディチ家の娘の運命を
力強く羽ばたかせる、イギリス文学史に残る傑作小説。

CREST BOOKS

パリ左岸のピアノ工房

The Piano Shop on the Left Bank
T. E. Carhart

T・E・カーハート
村松潔訳

その工房では、若き職人が魔法のように
ピアノを再生する――だがピアノの本当の魅力とは？
歴史とは？ 名器とは？ ピアノが弾きたくなる、
ロングセラーの傑作ノンフィクション。

CREST BOOKS